TRANZLATY

La langue est pour tout le monde

Dil herkes içindir

Les Aventures d'Alice au Pays des Merveilles

Alice Harikalar Diyarında Maceraları

Lewis Carroll

Français / Türkçe

Published by Tranzlaty
ISBN: 978-1-83566-822-1
Original text: Alice's Adventures in Wonderland
by Lewis Carroll (1865)
Abridged by Sam'l Gabriel Sons (1916)
www.tranzlaty.com

Dans le Terrier du Lapin
Tavşan Deliğinden Aşağı

Alice commençait à être très fatiguée

Alice çok yorulmaya başlamıştı

Elle était assise à côté de sa sœur sur le talus d'herbe

Çimenlikte kız kardeşinin yanında oturuyordu

Mais elle n'avait rien à faire

Ama yapacak hiçbir şeyi yoktu

Sa sœur lisait un livre

Kız kardeşi kitap okuyordu

une ou deux fois, Alice jeta un coup d'œil dans le livre

Alice bir ya da iki kez kitaba göz attı

Mais le livre ne contenait ni images ni conversations

Ama kitapta ne resim ne de konuşma vardı

« À quoi sert un livre sans images ? » pensa Alice

"Resimsiz bir kitap ne işe yarar ki?" diye düşündü Alice

« Pourquoi un livre n'aurait-il pas de conversations ? »

"Bir kitapta neden hiç konuşma olmaz ki?"

Mais elle avait d'autres choses à considérer

Ama düşünmesi gereken başka şeyler de vardı

« Faire une chaîne de marguerites serait un plaisir »

"Papatyalardan zincir yapmak tam bir zevk olurdu"

« Mais cela vaut-il la peine de se lever et de cueillir les marguerites ?? »

"Ama kalkıp papatyaları toplama çabasına değer mi?"
Ce n'était pas si facile d'y penser
Bunu düşünmek o kadar kolay değildi
parce que la journée la rendait somnolente et stupide
Çünkü gün onu uykulu ve aptal hissettiriyordu
Mais soudain, ses pensées s'interrompirent
Ama aniden düşünceleri kesintiye uğradı
un lapin blanc aux yeux roses courait près d'elle
pembe gözlü bir Beyaz Tavşan yanına koştu

Il n'y avait rien de trop remarquable chez le lapin
Tavşan hakkında aşırı dikkat çekici bir şey yoktu
et Alice ne trouvait pas non plus le lapin remarquable
ve Alice de tavşanın olağanüstü olduğunu düşünmüyordu
elle ne s'étonna pas non plus quand le Lapin parla
Tavşan'ın konuşması da onu şaşırtmadı
« Oh mon Dieu ! Je serai trop tard ! se dit-il
"Ah canım! Çok geç kalacağım!" dedi kendi kendine
mais alors le Lapin a fait quelque chose que les lapins n'ont pas fait
ama sonra Tavşan, tavşanların yapmadığı bir şey yaptı
le Lapin tira une montre de la poche de son gilet
Tavşan yeleğinin cebinden bir saat çıkardı
Il regarda l'heure puis se hâta

Saate baktı ve sonra aceleyle devam etti
Alice se leva, stupéfaite
Alice şaşkınlıkla ayağa kalktı
Elle n'avait jamais vu un lapin avec un gilet auparavant !
Daha önce hiç yelekli bir tavşan görmemişti!
elle n'avait jamais vu non plus de lapin avec une montre !
ne de saatli bir tavşan görmüştü!
Alice brûlait d'une nouvelle curiosité
Alice yeni bir merakla yanıp tutuşuyordu
et elle courut à travers le champ après le Lapin
ve Tavşan'ın peşinden tarlada koştu
Elle était juste à temps pour voir le lapin disparaître
Tavşanın ortadan kaybolduğunu görmek için tam
zamanındaydı
Le lapin sauta dans un grand terrier de lapin
Tavşan büyük bir tavşan deliğine atladı
Un instant plus tard, Alice s'est mise à courir après le lapin !
Başka bir anda, Alice tavşanın peşinden gitti!
Le terrier du lapin continuait tout droit comme un tunnel
Tavşan deliği bir tünel gibi dümdüz ilerledi
Et le tunnel a continué à avancer sur une certaine distance
Ve tünel bir süre daha devam etti
Et puis le chemin s'est soudainement incliné
Ve sonra yol aniden aşağı indi
Alice n'eut pas un instant pour songer à s'arrêter
Alice'in kendini durdurmayı düşünecek bir anı bile yoktu
Elle s'est retrouvée à tomber et à tomber
Kendini aşağı, aşağı ve aşağı düşerken buldu
Il semblait qu'elle était tombée dans un puits très profond
Sanki çok derin bir kuyuya düşmüş gibiydi
**Ou le puits était très profond, ou bien elle tombait très
lentement**
Ya kuyu çok derindi ya da çok yavaş düştü
parce qu'elle avait tout le temps de tomber
Çünkü düşmek için bolca zamanı vardı
alors qu'elle tombait, elle pouvait regarder tout autour d'elle
Düşerken etrafına bakabiliyordu

D'abord, elle a essayé de comprendre où elle allait
Önce nereye gittiğini anlamaya çalıştı
mais le puits était trop sombre pour voir quoi que ce soit
Ama kuyu hiçbir şey göremeyecek kadar karanlıktı
Puis elle regarda les côtés du puits
Sonra kuyunun kenarlarına baktı
Et elle remarqua qu'il y avait des placards tout autour d'elle
Ve etrafında dolaplar olduğunu fark etti
et tout autour du puits il y avait des étagères de livres
Ve kuyunun her tarafı kitap raflarıydı
Çà et là, elle voyait des cartes et des tableaux accrochés à des piquets
Orada burada çivilere asılı haritalar ve resimler gördü
En passant, elle prit un bocal sur l'une des étagères
Geçerken raflardan birinden bir kavanoz çıkardı
Le pot a été étiqueté pour son contenu
Kavanoz, içeriği için etiketlendi
« MARMELADE D'ORANGES »
"PORTAKALDAN YAPILAN MARMALADE"
Mais, à sa grande déception, le pot de marmelade était vide
Ancak, büyük hayal kırıklığına uğramasına rağmen, marmelat kavanozu boştu
Elle ne voulait pas laisser tomber le pot de marmelade vide
Boş marmelat kavanozunu düşürmek istemedi
et sa chute fut très lente
Ve düşüşü çok yavaştı
Elle a donc réussi à mettre le pot de marmelade dans l'un des placards
Böylece marmelat kavanozunu dolaplardan birine koymayı başardı
Tombée, descendue, tombée !
Aşağı, aşağı, aşağı düşüyor!
La chute prendrait-elle fin ?
Düşüş hiç sona erecek miydi?
Il n'y avait rien d'autre à faire
Yapacak başka bir şey yoktu
alors Alice commença bientôt à se parler à elle-même

bu yüzden Alice kısa süre sonra kendi kendine konuşmaya
başladı
« Je vais beaucoup manquer à Dinah ce soir, je pense ! »
"Dinah bu gece beni çok özleyecek, sanırım!"
Dinah était le chat d'Alice
Dina, Alice'in kedisiydi
**« J'espère qu'ils se souviendront de sa soucoupe de lait à
l'heure du thé »**
"Umarım çay saatinde onun süt tabağını hatırlarlar"
« Dinah, ma chère, je voudrais que tu sois ici avec moi ! »
"Dinah, canım, keşke burada benimle olsaydın!"
Alice sentit qu'elle s'assoupissait
Alice uyukladığını hissetti
Et puis soudain, bruit sourd ! bourrade!
Ve sonra aniden, gümbür gümbür! Yumruk!
Elle tomba sur un tas de bâtons
Aşağı bir sopa yığınının üzerine düştü
et elle atterrit sur un tas de feuilles sèches
Ve bir kuru yaprak yığınının üzerine indi
et enfin la longue chute dans le trou était terminée
Ve nihayet delikten aşağı uzun düşüş sona erdi
Alice n'était pas du tout blessée
Alice biraz incinmedi
Et elle se leva d'un bond au bout d'un instant
Ve bir an içinde ayağa fırladı
Elle leva les yeux, mais il faisait noir au-dessus de sa tête
Yukarı baktı ama her yer karanlıktı
Devant elle se trouvait un autre long couloir
Önünde uzun bir koridor daha vardı
et le Lapin Blanc était toujours en vue
ve Beyaz Tavşan hala görüş alanındaydı
Il se hâtait dans le couloir
Koridorda aceleyle ilerliyordu
Il n'y avait pas un instant à perdre
Kaybedilecek bir an bile yoktu
Alice s'enfuit comme le vent
Alice rüzgar gibi koştu

Au coin de la rue, le lapin s'est retourné
Köşeyi dönünce tavşan döndü
Elle était juste à temps pour entendre le lapin
Tavşanı duymak için tam zamanındaydı
« "Oh, mes oreilles et mes moustaches »
"Ah, kulaklarım ve bıyıklarım"
« Comme il est tard ! »
"Ne kadar geç oluyor!"
Elle était tout près derrière le lapin
Tavşanın hemen arkasındaydı
Elle tourna au détour d'un autre coin
Başka bir köşeyi döndü
mais le Lapin n'était plus visible
ama Tavşan artık ortalıkta görünmüyordu
Elle se retrouva dans une longue salle basse
Kendini uzun, alçak bir salonda buldu
La salle était éclairée par une rangée de plafonniers
Salon bir dizi tavan lambası ile aydınlatıldı
Il y avait des portes tout autour de la salle
Salonun her yerinde kapılar vardı
mais toutes les portes étaient fermées à clé
Ama bütün kapılar kilitliydi
Elle marcha tout le long d'un côté de la salle
Koridorun bir tarafından aşağıya doğru yürüdü
et elle avait fait tout le chemin de l'autre côté de la salle
Ve koridorun diğer tarafına kadar yürümüştü
Elle avait essayé toutes les portes
Her kapıyı denemişti
et elle marchait tristement au milieu de la salle
Ve üzgün bir şekilde salonun ortasından aşağı doğru yürüdü
« Comment vais-je jamais en sortir ? »
"Bir daha nasıl dışarı çıkacağım?"

Tout à coup, elle tomba sur une petite table

Aniden küçük bir masaya rastladı

La table était entièrement en verre massif

Masa tamamen masif camdan yapılmıştır

Il n'y avait rien sur la table à part une petite clé dorée

Masanın üzerinde küçük bir altın anahtardan başka bir şey
yoktu

La clé pourrait appartenir à l'une des portes !

Anahtar kapılardan birine ait olabilir!

**Mais, hélas ! Certaines serrures étaient trop grandes pour les
clés**

Ama ne yazık ki! Bazı kilitler anahtarlar için çok büyüktü

et pour les autres serrures, la clé était trop petite

Ve diğer kilitler için anahtar çok küçüktü

mais, en tout cas, la clef n'ouvrit aucune des portes

Ama her halükarda, anahtar kapıların hiçbirini açmadı

Mais que devait-elle faire ?

Ama ne yapacaktı?

Elle traversa de nouveau le couloir

Tekrar koridordan geçti

et cette fois, elle remarqua un rideau bas

Ve bu sefer alçak bir perde fark etti

Derrière le rideau se trouvait une petite porte

Perdenin arkasında küçük bir kapı vardı

La porte avait une quinzaine de pouces de haut

Kapı yaklaşık on beş inç yüksekliğindeydi
Elle essaya la petite clé dorée dans la serrure
Kilitteki küçük altın anahtarı denedi
Et à sa grande joie, la clé s'est glissée dans la serrure !
Ve onun büyük zevkine göre, anahtar kilide sığdı!
Alice ouvrit la porte
Alice kapıyı açtı
et elle trouva la porte qui donnait sur un petit couloir
Ve kapının küçük bir koridora açıldığını gördü
Le couloir n'était pas beaucoup plus grand qu'un trou à rats
Koridor bir fare deliğinden çok daha büyük değildi
Elle s'agenouilla et regarda le long du couloir
Diz çöktü ve koridor boyunca baktı
et elle a vu le plus beau jardin que vous ayez jamais vu
Ve o şimdiye kadar gördüğün en güzel bahçeyi gördü
comme elle avait envie de sortir de cette salle sombre
O karanlık salondan çıkmayı ne kadar çok istiyordu
comme elle voulait se promener parmi ces fleurs lumineuses
O parlak çiçeklerin arasında nasıl da dolaşmak istiyordu
Comme ces fontaines avaient l'air cool et rafraîchissantes
Bu çeşmeler ne kadar havalı ve ferahlatıcı görünüyordu
Mais elle ne pouvait même pas passer la tête par la porte
Ama başını bile kapıdan içeri sokamıyordu
— Oh ! dit Alice d'un ton lugubre
"Ah," dedi Alice kederli bir şekilde
comme je voudrais pouvoir me plier comme un télescope !
"Keşke bir teleskop gibi katlanabilseydim!"
« Je pense que je pourrais me plier comme un télescope »
"Teleskop gibi katlanabileceğimi düşünüyorum"
« Si seulement je savais par où commencer »
"Keşke nasıl başlayacağımı bilseydim"
Alice retourna à la table
Alice masaya geri döndü
Il y avait la chance de trouver une autre clé
Başka bir anahtar bulma şansı vardı
Ou il pourrait y avoir un livre de règles
Ya da bir kurallar kitabı olabilir

Le livre pourrait lui apprendre à se plier comme un télescope
Kitap ona bir teleskop gibi nasıl katlanacağını anlatabilirdi
Cette fois, elle trouva une petite bouteille
Bu sefer küçük bir şişe buldu
« cette bouteille n'était certainement pas là auparavant, » dit Alice
"Bu şişe kesinlikle daha önce burada değildi," dedi Alice
et autour du goulot de la bouteille était attachée une étiquette en papier
ve şişenin boynuna bağlı bir kağıt etiket vardı
L'étiquette était magnifiquement imprimée en grandes lettres
Etiket büyük harflerle güzel bir şekilde basılmıştır
« BOIS-MOI »
"BENI IÇ"
« Non, je vais regarder d'abord », a-t-elle dit
"Hayır, önce ben bakacağım" dedi
« Je vais voir si la bouteille est marquée comme toxique ou non, »
"Şişenin zehirli olarak işaretlenip işaretlenmediğini göreceğim"
Parce qu'elle n'a jamais oublié la leçon sur le poison
Çünkü zehirle ilgili dersi asla unutmadı
« Si une bouteille est étiquetée comme toxique, elle est forcément en désaccord avec vous »
"Bir şişe zehirli olarak etiketlenirse, sizinle aynı fikirde olmaması kaçınılmazdır"
Cependant, cette bouteille n'a pas été marquée comme toxique
Ancak, bu şişe zehirli olarak işaretlenmedi
alors Alice se hasarda à goûter le contenu de la bouteille
bu yüzden Alice şişenin içeriğini tatmaya cesaret etti
Elle trouva le liquide tout à fait à son goût
Sıvıyı oldukça beğenisine göre buldu
La boisson avait une sorte de saveur mélangée
İçeceğin bir çeşit karışık tadı vardı
tarte aux cerises, crème pâtissière et ananas

Vişneli tart, muhallebi ve ananas
Rôtir la dinde, le caramel et le pain grillé au beurre chaud
Hindi, şekerleme ve sıcak tereyağı ile kızarmış ekmek
et elle finit bientôt la bouteille
Ve kısa süre sonra şişeyi bitirdi
« Quelle curieuse sensation ! » dit Alice
"Ne tuhaf bir duygu!" dedi Alice
« Je me plie comme un télescope ! »
"Teleskop gibi katlanıyorum!"
Et elle se repliait comme un télescope !
Ve gerçekten de bir teleskop gibi katlanıyordu!
Elle n'avait plus que dix pouces de haut
Şimdi sadece on santim boyundaydı
et son visage s'éclaira à ses pensées
Ve yüzü düşünceleriyle aydınlandı
Maintenant, elle était de la bonne taille pour la petite porte
Şimdi küçük kapı için doğru boyuttaydı
Maintenant, elle pouvait aller dans ce joli jardin
Artık o güzel bahçeye girebilirdi
Bientôt, elle a cessé de devenir plus petite
Kısa süre sonra küçülmeyi bıraktı
Elle décida d'aller tout de suite dans le jardin
Hemen bahçeye çıkmaya karar verdi
mais, hélas pour la pauvre Alice !
ama ne yazık ki zavallı Alice!
Elle arriva à la porte
Kapıya geldi
Mais elle avait oublié la petite clé d'or
Ama o küçük altın anahtarı unutmuştu
Elle retourna à la table pour prendre la clé
Anahtar için masaya geri döndü
Mais elle s'aperçut qu'elle ne pouvait pas atteindre assez haut
Ama yeterince yükseğe ulaşamadığını fark etti
Elle pouvait voir la clé très distinctement à travers la vitre
Anahtarı camdan oldukça net bir şekilde görebiliyordu
Elle essaya de grimper sur les pieds de la table

Masanın bacaklarına tırmanmaya çalıştı
Mais le verre était beaucoup trop glissant
ama cam çok kaygandı
Finalement, elle s'est fatiguée à essayer
Sonunda denemekten kendini yordu
et la pauvre petite fille s'assit et pleura
Ve zavallı küçük kız oturdu ve ağladı
Alice se parlait à elle-même assez vivement
Alice kendi kendine oldukça sert bir şekilde konuştu
« Allons, ça ne sert à rien de pleurer comme ça ! »
"Gel, böyle ağlamanın faydası yok!"
« Je vous conseille d'arrêter tout de suite ! »
"Şu anda durmanı tavsiye ederim!"
Elle se donnait généralement de très bons conseils
Genelde kendine çok iyi tavsiyeler verirdi
bien qu'elle suivît très rarement ses propres conseils
Yine de çok nadiren kendi tavsiyesine uydu
Et elle était parfois trop dure envers elle-même
Ve bazen kendine karşı çok sertti
et ses paroles lui firent monter les larmes aux yeux
Ve sözleri gözlerine yaş getirdi
Bientôt, son regard tomba sur une petite boîte en verre
Kısa süre sonra gözü küçük bir cam kutuya takıldı
La petite boîte de verre était posée sous la table
Küçük cam kutu masanın altında yatıyordu
Dans la boîte en verre se trouvait un tout petit gâteau
Cam kutunun içinde çok küçük bir pasta vardı
Sur le gâteau, quelques mots étaient magnifiquement écrits
Pastanın üzerine bazı kelimeler çok güzel yazılmıştı
les mots avaient été marqués dans des groseilles
Kelimeler kuş üzümü ile işaretlenmişti
« MANGE-MOI »
"Ye beni"
« Eh bien, je vais manger le gâteau », dit Alice
"Pekala, pastayı yiyeceğim," dedi Alice
« et si le gâteau me fait grossir, je peux atteindre la clé »
"ve eğer pasta beni büyütürse, anahtara ulaşabilirim"

« et si le gâteau me fait rapetisser, je peux me glisser sous la porte »

"ve eğer pasta beni küçültürse, kapının altına sürünebilirim"

« Donc, de toute façon, j'irai dans le jardin »

"yani her iki durumda da bahçeye gireceğim"

« Et peu m'importe lequel des deux arrive ! »

"ve ikisinden hangisinin olduğu umurumda değil!"

Elle a mangé un peu du gâteau

Pastadan biraz yedi

et elle se parla anxieusement à elle-même :

Ve endişeyle kendi kendine konuştu:

« Dans quel sens ? Dans quel sens ?

"Hangi taraftan? Hangi taraftan?"

et elle posa la main sur sa tête

Ve elini başının üzerinde tuttu

Elle voulait sentir de quelle façon elle grandissait

Hangi şekilde büyüdüğünü hissetmek istedi

Elle fut très surprise de découvrir ce qui s'était passé

Ne olduğunu öğrenince oldukça şaşırdı

Elle était restée de la même taille !

Aynı boyutta kalmıştı!

Cette fois, elle redoubla donc d'efforts

Bu yüzden bu sefer çabalarını ikiye katladı

Et bientôt, elle termina tout le gâteau

Ve kısa süre sonra bütün pastayı bitirdi

La mare de larmes
Gözyaşı Havuzu

« Cela devient de plus en plus intéressant ! » s'écria Alice

"Bu gittikçe daha ilginç hale geliyor!" diye bağırdı Alice

Vous pouvez voir qu'elle était très surprise

Gördüğünüz gibi çok şaşırmıştı

« Je m'ouvre comme le plus grand télescope qui ait jamais existé ! »

"Şimdiye kadar var olan en büyük teleskop gibi açılıyorum!"

« Au revoir, les pieds ! Oh, mes pauvres petits pieds"

"Güle güle ayaklar! Ah, benim zavallı küçük ayaklarım"

« Je me demande qui va vous mettre vos chaussures maintenant, mes chères ? »

"Acaba şimdi sizin için ayakkabılarınızı kim giyecek canlarım?"

et je me demande qui mettra vos bas ?

"ve merak ediyorum çoraplarını kim giyecek?"

« Je serai beaucoup trop loin »

"Çok uzakta olacağım"

« Je ne pourrai plus me soucier de toi »

"Artık senin için kendimi rahatsız edemeyeceğim"

Juste à ce moment, sa tête heurta quelque chose

Tam o anda başı bir şeye çarptı

Elle avait atteint le toit de la salle

Salonun çatısına ulaşmıştı

En fait, elle mesurait maintenant plus de deux mètres

Aslında, şimdi iki metreden daha uzundu

et elle prit aussitôt la petite clef d'or

Ve hemen küçük altın anahtarı aldı

et elle se précipita vers la porte du jardin

Ve aceleyle bahçe kapısına gitti

Pauvre Alice ! Il n'y avait pas grand-chose qu'elle pouvait faire

Zavallı Alice! Yapabileceği pek bir şey yoktu

Elle s'allongea sur le côté

Bir tarafa uzandı

et elle regarda d'un œil dans le jardin

Ve tek gözüyle bahçeye baktı
Mais s'en sortir était plus désespéré que jamais
Ama üstesinden gelmek her zamankinden daha umutsuzdu
Elle s'est assise et a recommencé à pleurer
Oturdu ve tekrar ağlamaya başladı
Elle a continué à verser des litres de larmes
Galonlarca gözyaşı dökmeye devam etti
Bientôt, il y eut une grande flaque tout autour d'elle
Kısa süre sonra etrafında büyük bir havuz vardı
et l'eau atteignait la moitié du couloir
ve su koridorun yarısına kadar ulaştı
Au bout d'un moment, elle entendit un petit claquement de pieds
Bir süre sonra, küçük bir ayak pırıltısı duydu
Elle entendit les pas venir de loin
Uzaklardan gelen ayakların sesini duydu
et elle s'essuya vivement les yeux pour voir ce qui allait arriver
Ve ne olacağını görmek için aceleyle gözlerini kuruladı
C'était le retour du Lapin Blanc
Geri dönen Beyaz Tavşan'dı
Il était magnifiquement vêtu
Muhteşem bir şekilde giyinmişti
Il avait une paire de gants blancs dans une main
Bir elinde bir çift beyaz eldiven vardı
et il avait un grand éventail de plumes dans l'autre main
Diğer elinde de büyük bir tüy yelpaze vardı
Il arriva en trottinant en toute hâte
Büyük bir telaşla tırıs tırıs geldi
et il murmura en lui-même : « Oh ! la duchesse, la duchesse !
ve kendi kendine mırıldandı, "Ah! Düşes, Düşes!"
« Ah ! ne serait-elle pas sauvage si je l'ai fait attendre !
"Eyvah! Onu bekletseydim vahşi olmaz mı?"

Quand le Lapin s'approcha d'elle, Alice prit la parole
Tavşan ona yaklaştığında Alice konuştu
Mais elle parlait d'une voix basse et timide
Ama alçak, ürkek bir sesle konuştu
« Monsieur, s'il vous plaît, arrêtez ce que vous faites un instant »
"Efendim, lütfen bir an için yaptığınız şeyi durdurun"
Le Lapin sursauta violemment
Tavşan şiddetle irkildi
Il laissa tomber les gants blancs et l'éventail de plumes
Beyaz eldivenleri ve tüy yelpazeyi düşürdü
et il s'enfuit dans les ténèbres aussi vite qu'il le put
Ve elinden geldiğince hızlı bir şekilde karanlığa doğru koştu
Alice ramassa l'éventail en plumes et les gants
Alice tüy yelpazeyi ve eldivenleri aldı
Et elle n'arrêtait pas de s'éventer tout en parlant
Ve konuşmaya devam ederken kendini yelpazelemeye devam etti
« Cher, cher ! Comme tout est étrange aujourd'hui !
"Canım, canım! Bugün her şey ne kadar garip!"

« Hier, les choses se sont passées comme d'habitude »
"Dün her şey her zamanki gibi devam etti"
« Étais-je le même quand je me suis levé ce matin ? »
"Bu sabah kalktığımda ben de aynı mıydım?"
« Mais si je ne suis pas le même, il y a une autre question »
"Ama eğer aynı değilsem, başka bir soru var"
« Qui suis-je ? »
"Dünyada ben kimim?"
« Ah, c'est le grand casse-tête ! »
"Ah, işte büyük bulmaca bu!"
En disant cela, elle baissa les yeux sur ses mains
Bunu söylerken ellerine baktı
Elle portait l'un des petits gants blancs du lapin
Tavşanların küçük beyaz eldivenlerinden birini giyiyordu
Elle n'avait pas remarqué qu'elle avait mis le gant en parlant
Konuşurken eldiveni giydiğini fark etmemişti
« Comment ai-je pu faire cela ? » a-t-elle pensé
"Bunu nasıl yapmış olabilirim?" diye düşündü
« Je dois redevenir petit »
"Yine küçülüyor olmalıyım"
Elle se leva et s'approcha de la table pour mesurer sa taille
Ayağa kalktı ve boyunu ölçmek için masaya gitti
Elle a découvert qu'elle mesurait maintenant environ un
demi-mètre
Şimdi yaklaşık yarım metre boyunda olduğunu fark etti
et elle rétrécissait encore rapidement
Ve hala hızla küçülüyordu
Elle découvrit rapidement quelle était la cause de ce
rétrécissement
Kısa süre sonra küçülmenin sebebinin ne olduğunu öğrendi
L'éventail de plumes la rendait encore plus petite !
Tüy fanı onu tekrar küçültüyordu!
et elle laissa tomber l'éventail de plumes à la hâte
Ve tüy fanını aceleyle düşürdü
Elle laissa tomber l'éventail de plumes juste à temps pour se
sauver
Kendini kurtarmak için tüy fanını tam zamanında düşürdü

Si elle s'était éventée plus longtemps, elle se serait
complètement retirée
Kendini daha fazla havalandırsaydı, tamamen küçülürdü
« C'était une échappatoire de justesse ! » dit Alice
"Kıl payı bir kaçış oldu!" dedi Alice
et elle fut bien effrayée de ce changement soudain
Ve bu ani değişimden çok korkmuştu
mais elle était très heureuse de se trouver encore en
existence
Ama kendini hala var olduğu için çok mutluydu
« Et maintenant, en route pour le jardin ! »
"Ve şimdi, bahçeye!"
Et elle courut à toute vitesse vers la petite porte
Ve tüm hızıyla küçük kapıya geri döndü
Mais, hélas ! La petite porte fut refermée
Ama ne yazık ki! Küçük kapı tekrar kapandı
et la petite clé d'or était de nouveau posée sur la table de
verre
Ve küçük altın anahtar yine cam masanın üzerinde yatıyordu
« Les choses sont pires que jamais », pensa le pauvre enfant
"Her şey her zamankinden daha kötü," diye düşündü zavallı
çocuk
« Je n'ai jamais été aussi petit que ça auparavant, jamais ! »
"Daha önce hiç bu kadar küçük olmamıştım, asla!"
En prononçant ces mots, son pied glissa
Bu sözleri söylerken ayağı kaydı
et un instant plus tard, il y eut une grande éclaboussure !
Ve başka bir anda büyük bir sıçrama oldu!
Elle était dans l'eau salée jusqu'au menton
Çenesine kadar tuzlu suyun içindeydi
Sa première idée fut qu'elle était tombée d'une manière ou
d'une autre dans la mer
İlk fikri, bir şekilde denize düştüğüydü
Cependant, elle s'est vite rendu compte dans quoi elle se
trouvait
Ancak kısa süre sonra ne içinde olduğunu anladı
Elle était dans une mare de larmes

Gözyaşı havuzunun içindeydi
**les larmes qu'elle avait versées quand elle avait deux mètres
de haut**
İki metre boyunda olduğu zaman döktüğü gözyaşları

Juste à ce moment-là, elle entendit quelque chose
Tam o sırada bir şey duydu
Quelque chose barbotait dans la mare
Havuzda bir şey sıçrıyordu
Les éclaboussures venaient d'un peu de loin
Sıçrama biraz öteden geldi
**et elle nagea plus près pour voir ce que c'était que les
éclaboussures**
Ve su sıçramasının ne olduğunu görmek için daha da yaklaştı
Elle vit bientôt que ce n'était qu'une petite souris
Kısa süre sonra onun sadece küçük bir fare olduğunu gördü
La petite souris s'était également glissée dans l'eau
Küçük fare de suya girmişti
Alice réfléchit à la situation
Alice kendi kendine durum hakkında düşündü

« Serait-il utile de parler à cette souris ? »
"Bu fareyle konuşmanın bir faydası olur mu?"
« Tout est tellement à l'envers ici »
"Burada her şey çok tepetaklak"
« Je pense que c'est très probable que cette souris peut parler »
"Bu farenin konuşabilme ihtimalinin çok yüksek olduğunu düşünmeliyim"
« En tout cas, il n'y a pas de mal à essayer »
"Her halükarda denemekten zarar gelmez"
Alors elle a commencé à essayer de parler à la souris
Bu yüzden fareyle konuşmaya başladı
« Oh Souris, sais-tu comment sortir de cette mare ? »
"Ah Fare, bu havuzdan çıkış yolunu biliyor musun?"
« Je suis bien fatigué de nager ici, ô souris ! »
"Burada yüzmekten çok yoruldum, Ah Fare!"
La souris la regarda d'un air assez inquisiteur
Fare ona oldukça meraklı bir şekilde baktı
La souris semblait cligner de l'œil avec l'un de ses petits yeux
Fare küçük gözlerinden biriyle göz kırpıyor gibiydi
Mais la petite souris ne dit rien
Ama küçük fare hiçbir şey söylemedi
« Peut-être la souris ne comprend-elle pas l'anglais », pensa Alice
"Belki de fare İngilizceyi anlamıyordur," diye düşündü Alice
« J'ose dis-le que c'est une souris française »
"Bunun bir Fransız faresi olduğunu söylemeye cüret ediyorum"
« peut-être que cette souris est venue avec Guillaume le Conquérant »
"belki de bu fare Fatih William ile birlikte geldi"
Alors elle a recommencé, en français
Bu yüzden tekrar başladı, Fransızca
« Où est mon chat ? » a-t-elle demandé en français
"Kedim nerede?" diye Fransızca sordu
c'était la première phrase de son livre de leçons de français

Fransızca ders kitabındaki ilk cümleydi
La souris fit un saut soudain hors de l'eau
Fare sudan ani bir sıçrayış yaptı
et la souris semblait frémir de frayeur
Ve fare korkudan titriyor gibiydi
— Oh ! je vous demande pardon ! s'écria vivement Alice
"Ah, özür dilerim!" diye bağırdı Alice aceleyle.
Elle craignait d'avoir blessé les sentiments du pauvre animal
Zavallı hayvanın duygularını incittiğinden korkuyordu
« J'oubliais que tu n'aimais pas les chats »
"Kedileri sevmediğini unuttum"
« Je n'aime pas les chats ! » cria la Souris d'une voix aiguë et passionnée
"Kedileri sevmem!" diye bağırdı Fare tiz, tutkulu bir sesle
« Voudrais-tu des chats, si tu étais moi ? »
"Benim yerimde olsaydın kedi ister miydin?"
Alice réconforta la souris d'un ton apaisant
Alice fareyi yatıştırıcı bir tonda rahatlattı
« Eh bien, peut-être que je n'aimerais pas non plus les chats si j'étais vous »
"Eh, belki ben de senin yerinde olsam kedileri sevmezdim"
« S'il vous plaît, ne soyez pas en colère à propos de la mention des chats »
"KEDİLERDEN BAHSEDİLDİĞİ İÇİN LÜTFEN SINIRLENMEYIN"
« Et pourtant, j'aimerais pouvoir te montrer notre chat Dinah »
"Ama yine de keşke sana kedimiz Dinah'ı gösterebilseydim"
« Si vous la rencontriez, je pense que vous prendriez goût aux chats »
"Onunla tanışsaydınız, kedilere ilgi duyardınız diye düşünüyorum"
« Si seulement vous pouviez la voir »
"Keşke onu görebilseydin"
« Elle est une chose si chère et si calme »
"O çok sevgili, sessiz bir şey"
La souris tremblait de partout

Farenin her yeri titriyordu
Alice était certaine que la souris devait être vraiment offensée
Alice, farenin gerçekten gücenmiş olması gerektiğinden emindi
« On ne parlera plus d'elle, si tu préfères ne pas le faire »
"Eğer istemezsen, onun hakkında daha fazla konuşmayacağız."
« Nous, en effet ! » s'écria la Souris
"Biz, gerçekten!" diye bağırdı Fare
La souris tremblait jusqu'au bout de sa queue
Fare kuyruğunun sonuna kadar titriyordu
« Comme si je voulais parler d'un tel sujet ! »
"Sanki böyle bir konuda konuşacakmışım gibi!"
« Notre famille a toujours détesté les chats »
"Ailemiz kedilerden her zaman nefret ederdi"
"Les chats ; des choses méchantes, basses, vulgaires !
"Kediler; , alçak, bayağı şeyler!"
« Ne me laissez plus entendre le nom ! »
"Adını bir daha duymama izin verme!"
— Je ne parlerai plus des chats, en effet, dit Alice
"Kedilerden bir daha bahsetmeyeceğim aslında!" dedi Alice
Elle était très pressée de changer de sujet
Konuyu değiştirmek için büyük bir acele içindeydi
"Êtes-vous... Aimez-vous les chiens ?
"Sen misin... Köpeklere düşkün müsün?"
« Il y a un petit chien si gentil près de notre maison, »
"Evimizin yakınında çok güzel bir köpek var"
« Je voudrais te montrer le petit chien ! »
"Sana küçük köpeği göstermek istiyorum!"
"Ce petit chien tue tous les rats et...
"Bu küçük köpek tüm fareleri öldürüyor ve..."
« Oh ! mon Dieu ! » s'écria Alice d'un ton triste
"Ah, canım!" diye bağırdı Alice kederli bir ses tonuyla
« J'ai peur de t'avoir encore offensé ! »
"Korkarım seni yine gücendirdim!"
La souris nageait loin d'elle aussi vite qu'elle le pouvait

Fare ondan gidebildiği kadar hızlı yüzerek uzaklaşıyordu
et la souris fit tout un vacarme dans la mare
Ve fare havuzda oldukça kargaşa yarattı
Alors elle appela doucement la souris
Bu yüzden farenin ardından usulca seslendi
« Ma chère souris, s'il vous plaît, revenez ! »
"Sevgili farem, lütfen geri dön!"
« Et nous ne parlerons pas des chats »
"Ve kediler hakkında konuşmayacağız"
« Et nous n'avons pas non plus besoin de parler des chiens »
"Köpekler hakkında da konuşmak zorunda değiliz"
Quand la souris entendit cela, elle se retourna
Fare bunu duyunca arkasını döndü
et la petite souris nagea lentement vers elle
Ve küçük fare yavaşça ona doğru yüzdü
Le visage de la souris était assez pâle
Farenin yüzü oldukça solgundu
et la souris parla d'une voix basse et tremblante
Ve fare alçak, titreyen bir sesle konuştu
« Allons à la rive »
"Kıyıya çıkalım"
« et ensuite je vous raconterai mon histoire »
"ve sonra sana tarihimi anlatacağım"
« et vous comprendrez pourquoi c'est moi qui déteste les chats et les chiens »
"ve neden kedilerden ve köpeklerden nefret ettiğimi anlayacaksın"
Il était grand temps de partir
Gitme zamanı gelmişti
parce que la piscine devenait assez bondée
Çünkü havuz oldukça kalabalık olmaya başlamıştı
D'autres oiseaux et animaux étaient tombés dans la mare
Diğer kuşlar ve hayvanlar havuza düşmüştü
il y avait un Canard et un Dodo
bir Ördek ve bir Dodo vardı
et il y avait un oiseau Lory et un aiglon
ve bir Lory kuşu ve bir Eaglet vardı

et il y avait plusieurs autres créatures intéressantes
Ve birkaç başka ilginç görünümlü yaratık daha vardı
Alice a ouvert la voie à la sortie de la piscine
Alice havuzdan çıkış yolunu gösterdi
et toute la troupe des animaux nagea jusqu'au rivage
Ve bütün hayvan grubu kıyıya yüzdü

Une course de caucus et une longue traîne

Bir grup toplantısı yarışı ve uzun bir kuyruk

C'était en effet une bande d'animaux à l'allure amusante

Gerçekten de komik görünümlü bir hayvan sürüsüydüler

et ils se rassemblèrent tous sur le bord de l'eau

Ve hepsi suyun kıyısında toplandılar

Les oiseaux avaient tous des plumes débraillées

Kuşların hepsinin tüyleri kıvrılmış

et les animaux à fourrure étaient trempés

ve tüylü hayvanlar sırılsıklam oldu

et tous étaient trempés, agacés et mal à l'aise

ve hepsi ıslak, sinirli ve rahatsız oluyordu

Il y avait une question à laquelle il fallait répondre en premier

Öncelikle cevaplanması gereken bir soru vardı

Quelle est la meilleure façon pour tout le monde de se sécher ?

Herkesin kuruması için en iyi yol nedir?

Ils ont tenu une consultation à ce sujet

Bu konuda bir istişarede bulundular

Bientôt, ils furent tous en bons termes
Kısa süre sonra hepsi tanıdık şartlardaydı
C'était comme si elle les avait connus toute sa vie
Sanki onları tüm hayatı boyunca tanıyormuş gibiydi
La souris semblait être une personne d'une certaine autorité
Fare bir otoriteye sahip bir kişi gibi görünüyordu
« Asseyez-vous, vous tous, et écoutez-moi ! »
"Hepiniz oturun ve beni dinleyin!"
« Je vais bientôt vous faire sécher à nouveau ! »
"Yakında hepinizi tekrar kurutacağım!"
Ils s'assirent tous en même temps, dans un grand cercle
Hepsi aynı anda büyük bir halka halinde oturdular
et la petite souris s'assit au milieu
Ve küçük fare ortada oturuyordu
« Hum ! » dit la souris d'un air important
"Ahem!" dedi fare önemli bir havayla
« Êtes-vous tous prêts ? »
"Hepiniz hazır mısınız?"
« C'est la chose la plus sèche que je connaisse »
"Bu bildiğim en kuru şey"
« Silence tout autour, s'il vous plaît ! »
"Lütfen, her yerde sessizlik var!"
« Guillaume le Conquérant était favorisé par le pape »
"Fatih William, papa tarafından tercih edildi"
« mais il fut bientôt soumis par les Anglais »
"ama kısa süre sonra İngilizler tarafından teslim edildi"
« Ils voulaient des leaders ces derniers temps »
"Son zamanlarda lider istediler"
« et ils avaient été habitués au pouvoir et à la conquête »
"ve onlar güce ve fetihlere alışmışlardı"
« Edwin et Morcar, les comtes de Mercie et de Northumbrie »
"Edwin ve Morcar, Mercia ve Northumbria Kontları"
« Pouah ! » dit l'oiseau lori, avec un frisson
"Ah!" dedi lori kuşu titreyerek
« et même Stigand, l'archevêque patriote de Cantorbéry »
"ve hatta Canterbury'nin vatansever başpiskoposu Stigand"

« Il l'a également trouvé opportun »
"O da uygun buldu"
« Qu'a-t-il trouvé à propos ? » dit le canard
"Neyi uygun buldu?" dedi ördek
— Il l'a trouvé opportun, répondit la souris d'un ton un peu
contrarié
"Uygun buldu," diye yanıtladı fare oldukça çapraz bir şekilde
Mais le canard n'était pas satisfait
Ama ördek tatmin olmadı
« Bien sûr, vous savez ce que 'it' signifie »
"Tabii ki, 'o'nun ne anlama geldiğini biliyorsun"
« Je sais ce que c'est quand je trouve quelque chose », dit le
canard
"Bir şey bulduğumda 'o'nun ne olduğunu biliyorum," dedi
ördek
« C'est généralement une grenouille ou un ver »
"Genellikle bir kurbağa ya da solucandır"
« La question est de savoir ce que l'archevêque a trouvé ?
"Soru şu ki, başpiskopos ne buldu?"
La souris n'a pas remarqué cette question
Fare bu soruyu fark etmedi
Au lieu de cela, la souris continua précipitamment son
discours
Bunun yerine, fare aceleyle konuşmaya devam etti
« il a jugé opportun d'aller avec Edgar Atheling »
"Edgar Atheling ile gitmeyi uygun buldu"
« pour rencontrer Guillaume et lui offrir la couronne »
"William'la tanışmak ve ona tacı teklif etmek"
la souris continua, se tournant vers Alice pendant qu'elle
parlait
fare konuşurken Alice'e dönerek devam etti
« Comment allez-vous maintenant, ma chère ? »
"Şimdi nasılsın canım?"
– Aussi mouillée que jamais, dit Alice d'un ton
mélancolique
"Her zamanki gibi ıslak," dedi Alice melankolik bir ses tonuyla
« Cette histoire n'a pas l'air de me tarir du tout »

"Bu hikaye beni hiç kurutmuyor gibi görünüyor"
— **Dans ce cas, dit solennellement le dodo en se levant**
"O zaman," dedi dodo ciddiyetle, ayağa kalkarak
« Je vote pour l'ajournement de la séance »
"Toplantının ertelenmesini oylarım"
« et je propose l'adoption immédiate de remèdes plus énergiques »
"ve daha enerjik ilaçların derhal benimsenmesini öneriyorum"
« Dis des paroles vraies ! » dit l'aiglon
"Gerçek sözler söyle!" dedi kartal
« Je ne connais pas le sens de la moitié de ces longs mots »
"Bu uzun kelimelerin yarısının anlamını bilmiyorum"
et, qui plus est, je ne crois pas que vous le sachiez non plus !
"Ve dahası, senin de bildiğine inanmıyorum!"
— Ce que j'allais dire, dit le dodo d'un ton offensé
"Ne diyecektim," dedi dodo kırgın bir ses tonuyla
« La meilleure chose à faire pour nous sécher serait une course au caucus »
"Bizi kurutmak için en iyi şey bir grup toplantısı olur"
« Qu'est-ce qu'une course de caucus ? » demanda Alice
"Kurultay yarışı nedir?" diye sordu Alice

« Eh bien, » dit le dodo, « la meilleure façon de l'expliquer,
c'est de le faire »
"Eh," dedi dodo, "bunu açıklamanın en iyi yolu bunu
yapmaktır."
« D'abord, le dodo a tracé un parcours »
"Önce dodo bir yarış parkuru belirledi"
« La piste était dans une sorte de cercle »
"Pist bir tür daire içindeydi"
« Et puis tout le groupe a été placé le long du parcours »
"Ve sonra tüm parti rota boyunca yerleştirildi"
Il n'y avait pas de « Un, deux, trois et c'est parti ! »
"Bir, iki, üç ve uzakta!" yoktu.
Mais ils ont commencé à courir quand ils voulaient
Ama istedikleri zaman koşmaya başladılar
et ils finissaient aussi quand ils le voulaient
Ve onlar da istedikleri zaman bitirdiler
Il n'était donc pas facile de savoir quand la course était
terminée
Bu yüzden yarışın ne zaman bittiğini bilmek kolay değildi
Après environ une demi-heure de course, ils étaient tous
assez secs
Yarım saat kadar çalıştıktan sonra hepsi oldukça kurumuştu
le dodo s'écria soudain : « La course est finie ! »
Dodo aniden seslendi, "Yarış bitti!"
Et ils se pressèrent tous autour du Dodo
Ve hepsi dodo'nun etrafında toplandı
Tous les animaux haletaient et soufflaient
Bütün hayvanlar nefes nefese kalıyor ve şişiyordu
et tous voulaient savoir : « Mais qui a gagné ? »
ve hepsi bilmek istedi, "Ama kim kazandı?"
Le dodo ne pouvait pas répondre immédiatement à cette
question
Dodo'nun hemen cevaplayamadığı bu soru
D'abord, il a dû beaucoup réfléchir
Önce çok fazla düşünmesi gerekiyordu
Après mûre réflexion, le dodo finit par parler
Çok düşündükten sonra Dodo nihayet konuştu

« Tout le monde a gagné, et tous doivent avoir des prix »
"Herkes kazandı ve herkesin ödülleri olmalı"
« Mais qui doit donner les prix ? » demanda un chœur de voix
"Ama ödülleri kim verecek?" diye sordu bir ses korosu
— Eh bien, elle, bien sûr, dit le dodo
"Eh, tabii ki o," dedi dodo
et le dodo pointa d'un doigt vers Alice
ve dodo bir parmağıyla Alice'i işaret etti
et toute la troupe des animaux se pressait autour d'elle
ve bütün hayvan partisi onun etrafında toplandı
ils ont crié, d'une manière confuse : « Des prix ! Des prix !
şaşkın bir şekilde bağırdılar, "Ödüller! Ödüller!"
Alice n'avait aucune idée de ce qu'elle devait faire
Alice'in ne yapacağı hakkında hiçbir fikri yoktu
Désespérée, elle mit la main dans sa poche
Umutsuzluk içinde elini cebine soktu
Et elle en sortit une boîte de bonbons
Ve bir kutu şeker çıkardı
Heureusement, l'eau salée n'était pas entrée dans la boîte
Neyse ki tuzlu su kutuya girmemişti
et elle a distribué les bonbons comme prix
Ve şekerleri ödül olarak dağıttı
Il y avait exactement une pièce pour tout le monde
Herkes için tam olarak bir parça vardı
La prochaine chose qu'ils devaient faire était de manger les bonbons
Yapmaları gereken bir sonraki şey tatlıları yemekti
Cela a causé du bruit et de la confusion
Bu biraz gürültü ve karışıklığa neden oldu
Les grands oiseaux se plaignaient de ne pas pouvoir goûter leurs bonbons
Büyük kuşlar tatlılarının tadına bakamadıklarından şikayet ettiler
Les petits s'étouffaient et devaient être tapotés dans le dos
Küçük olanlar boğuldu ve sırtlarının sıvazlanması gerekiyordu

Cependant, c'était enfin fini
Ancak, sonunda bitti
Et ils se rassirent en cercle
Ve tekrar bir ringe oturdular
et ils supplièrent la souris de leur dire quelque chose de plus
Ve fareye onlara bir şey daha söylemesi için yalvardılar
— Vous m'avez promis de me raconter votre histoire, vous savez, dit Alice
"Bana geçmişini anlatacağına söz vermiştin, biliyorsun," dedi Alice
et elle fit une autre petite remarque sur les chats à voix basse
Ve fısıldayarak kediler hakkında küçük bir açıklama daha yaptı
Elle ne voulait pas offenser à nouveau la souris
Fareyi tekrar gücendirmek istemedi
la petite souris se tourna vers Alice et soupira
küçük fare Alice'e döndü ve içini çekti
« Ma conte est long et triste ! »
"Benimki uzun ve hüzünlü bir hikaye!"
— C'est une longue queue, certainement, dit Alice
"Kesinlikle uzun bir kuyruk," dedi Alice
et elle baissa les yeux avec étonnement sur la queue de la souris
Ve farenin kuyruğuna şaşkınlıkla baktı
« Mais pourquoi appelez-vous cela une queue triste ? »
"Ama neden buna üzgün bir kuyruk diyorsun?"
Et elle n'arrêtait pas de s'interroger à ce sujet pendant que la souris parlait
Ve fare konuşurken bu konuda kafa yormaya devam etti
de sorte que son idée de l'histoire était quelque chose comme ceci
Böylece masal hakkındaki fikri şöyle bir şeydi

                    "Fury said to
                  a mouse, That
                he met in the
                house, 'Let
                  us both go
                  to law: *I*
                  will prosecute
                  you.—
                    Come, I'll
                  take no denial:
                We must have
              the trial;
              For really
          this morning
      I've
      nothing
    to do.'
          Said the
              mouse to
                the cur,
                  'Such a
                  trial, dear
                  sir, With
                      no jury
                      or judge,
                      would
                    be wasting
                      our
                    breath.'
                  'I'll be
              judge,
          I'll be
        jury,'
      said
      cunning
        old
          Fury;
            'I'll
            try
            the
              whole
                cause,
                and
              condemn
            you to
      death.'"

Fury dit à une souris : Qu'il s'est rencontré dans la maison.
Fury bir fareye, 'Evde tanıştığını' dedi.
Allons tous les deux en justice, je vous poursuivrai
İkimiz de hukuka gidelim: Seni yargılayacağım
Allons, je n'accepterai aucun démenti : il faut que nous
fassions l'épreuve
Gelin, inkar etmeyeceğim: Yargılanmalıyız
Car vraiment ce matin je n'ai rien à faire
Gerçekten bu sabah yapacak hiçbir şeyim yok

Dit la souris au maudit ;
Fare cur'a dedi ki;
Un tel procès, cher monsieur, sans jury ni juge, nous ferait perdre notre souffle
Sevgili efendim, Jüri veya yargıç olmadan böyle bir duruşma nefesimizi boşa harcardı
« Je serai juge, je serai jury », dit le vieux rusé Fury
"Yargıç olacağım, jüri olacağım," dedi kurnaz yaşlı Fury
Je vais juger toute la cause, et je vous condamnerai à mort
Bütün davayı deneyeceğim ve seni ölüme mahkum edeceğim
la souris parla sévèrement à Alice
fare Alice'e sert bir şekilde konuştu
« Tu ne fais pas attention ! »
"Dikkat etmiyorsun!"
« À quoi pensez-vous ? »
"Ne düşünüyorsun?"
— Je vous demande pardon, dit Alice très humblement
"Özür dilerim," dedi Alice alçakgönüllülükle
« Tu étais arrivé au cinquième virage, je crois ? »
"Beşinci viraja gelmiştin galiba?"
« Vous m'insultez en disant de telles bêtises ! »
"Böyle saçma sapan konuşarak bana hakaret ediyorsun!"
Et la souris se leva et s'éloigna
Ve fare ayağa kalktı ve uzaklaştı
Alice appela la petite souris
Alice küçük farenin adını verdi
« S'il vous plaît, revenez et terminez votre histoire ! »
"Lütfen geri dönün ve hikayenizi bitirin!"
Et les autres se joignirent tous en chœur
Ve diğerleri de koroya katıldı
« Oui, s'il vous plaît, terminez votre histoire ! »
"Evet, lütfen hikayenizi bitirin!"
Mais la souris se contenta de secouer la tête avec impatience
Ama fare sadece sabırsızlıkla başını salladı
et la petite souris marchait un peu plus vite
Ve küçük fare biraz daha hızlı yürüdü
« Je voudrais bien avoir Dinah, notre chat, ici ! » dit Alice

"Keşke kedimiz Dinah da burada olsaydı!" dedi Alice

Cela provoqua une sensation remarquable parmi le parti

Bu, parti arasında dikkate değer bir sansasyon yarattı

Quelques-uns des oiseaux se hâtèrent de s'éloigner

Bazı kuşlar hemen aceleyle kaçtı

et un canari appela d'une voix tremblante ses enfants ;

ve bir Kanarya titreyen bir sesle çocuklarına seslendi;

« Allez-vous-en, mes chères ! »

"Uzaklaşın canlarım!"

« Il est grand temps que vous soyez tous au lit ! »

"Hepinizin yatakta olmasının tam zamanı!"

Avec diverses excuses, ils sont tous partis

Çeşitli bahanelerle hepsi gitti

et Alice se retrouva bientôt seule

ve Alice kısa süre sonra yalnız kaldı

« J'aurais aimé ne pas avoir mentionné Dinah ! »

"Keşke Dinah'dan bahsetmeseydim!"

« Personne n'a l'air de l'aimer ici »

"Burada kimse ondan hoşlanmıyor gibi görünüyor"

« Mais je suis sûr que c'est la meilleure chatte du monde ! »

"Ama eminim ki o dünyanın en iyi kedisi!"

La pauvre Alice se remit à pleurer

Zavallı Alice tekrar ağlamaya başladı

parce qu'elle se sentait très seule et déprimée

Çünkü kendini çok yalnız ve moralsiz hissediyordu

Au bout de peu de temps, cependant, elle entendit de nouveau quelque chose

Ancak kısa bir süre sonra yine bir şey duydu

un petit bruit de pas au loin

Uzakta küçük bir ayak sesi

et elle leva les yeux avec impatience

Ve hevesle yukarı baktı

Le lapin envoie le petit M. Bill
Tavşan küçük Bay Bill'i içeri gönderir

C'était le lapin blanc, qui revenait lentement au trot
Bu, yavaşça geri dönen beyaz tavşandı
Il regardait anxieusement autour de lui en chemin
Giderken endişeyle etrafa bakıyordu
Il avait l'air d'avoir perdu quelque chose
Sanki bir şey kaybetmiş gibi görünüyordu
Alice l'entendit marmonner pour lui-même
Alice onun kendi kendine mırıldandığını duydu
— La duchesse ! La Duchesse ! Oh, mes chères pattes !
"Düşes! Düşes! Ah, sevgili pençelerim!"
« Oh, ma fourrure et mes moustaches ! »
"Ah, kürküm ve bıyıklarım!"
« Elle va me faire exécuter, j'en suis sûr »
"Beni idam ettirecek, bundan eminim"
« Aussi sûr que les furets sont des furets ! »
"Gelinciklerin gelincik olduğu kadar emin!"
« Où ai-je pu laisser tomber mes affaires, je me demande ? »
"Acaba eşyalarımı nereye düşürmüş olabilirim?"

Alice devina en un instant ce qu'il cherchait
Alice bir anda ne aradığını tahmin etti
Il cherchait l'éventail de plumes
Tüy yelpazeyi arıyordu
et il cherchait la paire de gants blancs
Ve bir çift beyaz eldiveni arıyordu
Elle se mit donc très gentiment à chercher les gants
Bu yüzden çok iyi huylu bir şekilde eldivenleri aramaya başladı
Et elle chercha aussi l'éventail de plumes
Ve o da tüy yelpazesini aradı
Mais les gants et l'éventail de plumes étaient introuvables
Ancak eldivenler ve tüy fanı hiçbir yerde görünmüyordu
Tout semblait avoir changé depuis sa baignade dans la piscine
Havuzda yüzdüğünden beri her şey değişmiş gibiydi
Rien n'était pareil depuis qu'elle était dans la grande salle
Büyük salonda olduğundan beri hiçbir şey eskisi gibi değildi
et la table de verre avait disparu
Ve cam masa ortadan kaybolmuştu
Et la petite porte n'était pas là non plus
Ve küçük kapı da orada değildi
Très vite, le lapin remarqua Alice
Çok geçmeden tavşan Alice'i fark etti
Il l'appela d'un ton furieux
Kızgın bir ses tonuyla ona seslendi
« Mary Ann, que fais-tu ici ? »
"Mary Ann, burada ne yapıyorsun?"
« Rentre chez toi à l'instant même »
"Bu an eve koş"
« Et apporte-moi une paire de gants et un éventail de plumes ! »
"Ve bana bir çift eldiven ve bir tüy yelpaze getir!"
« Et faites vite ! »
"Ve bu konuda hızlı ol!"
Alice se parlait à elle-même en s'enfuyant
Alice kaçarken kendi kendine konuştu

— Il a dû me prendre pour sa femme de chambre !
"Beni hizmetçisi sanmış olmalı!"
« Comme il sera surpris quand il découvrira qui je suis ! »
"Kim olduğumu öğrendiğinde ne kadar şaşıracak!"
En disant cela, elle tomba sur une petite maison soignée
Bunu söylerken, küçük ve temiz bir eve rastladı
Sur la porte de la maison se trouvait une plaque de laiton brillant
Evin kapısında parlak pirinç bir levha vardı
« W. LAPIN »
"W. TAVŞAN"
Elle entra sans frapper à la porte
Kapıyı çalmadan içeri girdi
et elle se hâta de monter l'escalier
Ve hemen yukarı çıktı
elle craignait de rencontrer la vraie Mary Ann
gerçek Mary Ann ile tanışabileceğinden endişeleniyordu
parce qu'alors elle serait chassée de la maison
çünkü o zaman evden kovulacaktı
et elle ne pourrait pas trouver l'éventail de plumes et les gants
Ve tüy yelpazeyi ve eldivenleri bulamazdı
Alice s'était frayé un chemin dans une petite pièce bien rangée
Alice derli toplu küçük bir odaya girmenin yolunu bulmuştu
Dans la pièce, il y avait une table près de la fenêtre
Odada pencerenin yanında bir masa vardı
et sur la table, il y avait un éventail de plumes
Ve masanın üzerinde bir tüy yelpaze vardı
et il y avait deux ou trois paires de petits gants blancs
Ve iki ya da üç çift minik beyaz eldiven vardı
Elle ramassa l'éventail en plumes et une paire de gants
Tüy yelpazeyi ve bir çift eldiveni aldı
et elle allait quitter la pièce
Ve tam odadan çıkmak üzereydi
mais alors ses yeux tombèrent sur une petite bouteille
Ama sonra gözleri küçük bir şişeye takıldı

Elle déboucha la bouteille et la porta à ses lèvres

Şişenin mantarını açtı ve dudaklarına götürdü

« J'espère que cela me fera redevenir grand »

"Umarım beni tekrar büyütür"

« J'en ai marre d'être une toute petite chose ! »

"Bu kadar küçük bir şey olmaktan bıktım!"

Alice avait à peine bu la moitié de la bouteille

Alice şişenin yarısını zar zor içmişti

Sa tête était déjà appuyée contre le plafond

Başı zaten tavana bastırıyordu

et elle dut se baisser

Ve eğilmek zorunda kaldı

pour sauver son cou d'être brisé

boynunu kırılmaktan kurtarmak için

Elle posa précipitamment la bouteille

Aceleyle şişeyi bıraktı

« C'est bien assez »

"Bu kadar yeter"

« J'espère que je ne grandirai plus »

"Umarım daha fazla büyümem"

Hélas! Il était trop tard pour souhaiter cela !

Eyvah! Bunu dilemek için çok geçti!

Elle n'a cessé de grandir

Büyümeye ve büyümeye devam etti

et très vite elle dut s'agenouiller sur le sol

Ve çok geçmeden yere diz çökmek zorunda kaldı

Et même alors, elle a continué à grandir

Ve o zaman bile büyümeye devam etti

Comme dernière ressource, elle passa un bras par la fenêtre

Son çare olarak bir kolunu pencereden dışarı çıkardı

et elle mit un pied dans la cheminée

Ve bir ayağını bacaya koydu

« Maintenant, je ne peux plus faire, quoi qu'il arrive »

"Artık daha fazlasını yapamam, ne olursa olsun"

« Que vais-je devenir ? »

"Bana ne olacak?"

Alice a eu un peu de chance
Alice'in şansı yaver gitti
La petite bouteille magique avait fait son plein effet
Küçük sihirli şişe tam etkisini göstermişti
et Alice ne grandit pas plus qu'elle n'était
ve Alice eskisinden daha fazla büyümedi
Au bout de quelques minutes, elle entendit une voix à l'extérieur
Birkaç dakika sonra dışarıda bir ses duydu
et elle s'arrêta pour écouter la voix
Ve sesi dinlemek için durdu
« Mary Ann ! Mary Ann ! dit la voix
"Mary Ann! Mary Ann!" dedi ses
« Apporte-moi mes gants tout de suite ! »
"Hemen şimdi bana eldivenlerimi getir!"
Puis vint un petit claquement de pieds dans l'escalier
Sonra merdivenlerde küçük bir ayak pırıltısı geldi
Alice savait que c'était le lapin qui venait la chercher
Alice, onu aramaya gelenin tavşan olduğunu biliyordu
et elle trembla jusqu'à faire trembler la maison
ve evi sallayana kadar titredi
elle oublia tout à fait quelles étaient ses proportions

Oranlarının ne olduğunu tamamen unuttu
Elle était mille fois plus grosse que le lapin
Tavşandan bin kat daha büyüktü
et elle n'avait aucune raison d'avoir peur d'un lapin
Ve bir tavşandan korkması için hiçbir sebep yoktu
Bientôt le lapin s'approcha de la porte
O anda tavşan kapıya geldi
et le petit lapin essaya d'ouvrir la porte
Ve küçük tavşan kapıyı açmaya çalıştı
La porte a commencé à s'ouvrir vers l'intérieur
Kapı içeriye doğru açılmaya başladı
mais le coude d'Alice était fortement appuyé contre la porte
ama Alice'in dirseği kapıya sertçe bastırıldı
Cette tentative s'est avérée un échec
Bu girişim başarısız oldu
Alice entendit le lapin se parler à lui-même
Alice, tavşanın kendi kendine konuştuğunu duydu
« Ensuite, je vais faire le tour et entrer par la fenêtre »
"O zaman etrafta dolaşacağım ve pencereden içeri gireceğim"
« Que tu ne le feras pas ! » pensa Alice
"Yapmayacaksın!" diye düşündü Alice
Et elle attendit encore un peu
Ve yine biraz bekledi
Bientôt, elle entendit le lapin juste sous la fenêtre
Kısa süre sonra pencerenin hemen altındaki tavşanı duydu
Elle étendit soudain la main
Aniden elini uzattı
et elle fit une prise en l'air
Ve havada bir kapkaç yaptı
Elle n'a rien attrapé
Hiçbir şey elde edemedi
mais elle entendit un petit cri et une chute
Ama küçük bir çığlık ve bir düşüş duydu
et elle entendit un fracas de verre brisé
Ve kırık camın çarptığını duydu
Peut-être le lapin était-il tombé
Belki de tavşan düşmüştü

Peut-être était-il dans une serre
Belki de bir seradaydı
Puis vint une voix en colère ; La voix du lapin
Sonra kızgın bir ses geldi; Tavşanın sesi
« Pat, où es-tu ? »
"Pat, neredesin?"
Et puis vint une voix qu'elle n'avait jamais entendue auparavant
Ve sonra daha önce hiç duymadığı bir ses geldi
« Votre honneur, je suis là ! »
"Sayın Yargıç, ben buradayım!"
« Je creuse pour trouver des pommes »
"Elma için kazıyorum"
« Ici ! Venez m'aider à m'en sortir !
"İşte! Gel ve beni bu durumdan kurtar!"
« Maintenant, dis-moi, Pat, qu'est-ce qu'il y a dans la fenêtre ? »
"Şimdi söyle bana, Pat, penceredeki ne var?"
« Bien sûr, Votre Honneur, je vais vous le dire »
"Tabii, sayın yargıç, size söyleyeceğim"
« C'est un bras qui est dans la fenêtre ! »
"Pencerede olan bir kol!"
« Eh bien, un bras n'a rien à faire là-bas »
"Eh, orada bir kolun işi yok"
« Va et enlève le bras ! »
"Git ve kolu al!"
Il y eut un long silence après cela
Bunun ardından uzun bir sessizlik oldu
et Alice n'entendait que des chuchotements de temps en temps
ve Alice sadece ara sıra fısıltıları duyabiliyordu
et enfin elle étendit de nouveau la main
Ve sonunda tekrar elini uzattı
et elle fit une autre arrachée dans les airs
Ve havada bir kapkaç daha yaptı
Cette fois, il y eut deux petits cris
Bu sefer iki küçük çığlık vardı

et il y avait d'autres bruits de verre brisé
Ve daha fazla kırık cam sesi vardı
« Je me demande ce qu'ils vont faire ensuite ! » pensa Alice
"Bundan sonra ne yapacaklarını merak ediyorum!" diye
düşündü Alice
« J'aimerais qu'ils me tirent par la fenêtre »
"Keşke beni pencereden dışarı çıkarsalar"
Elle attendit un certain temps
Bir süre bekledi
Mais pendant un moment, elle n'entendit plus rien
Ama bir süre daha hiçbir şey duymadı
Enfin, il y eut un grondement de petites roues
Sonunda küçük tekerleklerin gümbürtüsü geldi
et il y eut le son d'un bon nombre de voix
Ve çok sayıda ses geldi
Toutes les voix parlaient ensemble
Bütün sesler birlikte konuşuyordu
Elle pouvait distinguer certaines des paroles
Bazı kelimeleri seçebiliyordu
« Où est l'autre échelle ? »
"Diğer merdiven nerede?"
« Bill a l'autre échelle »
"Bill'in diğer merdiveni var"
« Bill, viens ici ! »
"Bill, buraya gel!"
« Le toit va-t-il supporter le fardeau ? »
"Çatı yükü taşıyacak mı?"
« Qui veut descendre par la cheminée ? »
"Kim bacadan aşağı inmek ister?"
— Non, je ne le ferai pas ! Vous le faites !
"Hayır, yapmayacağım! Sen yap!"
« Tiens, Bill ! »
"İşte, Bill!"
« Le maître dit qu'il faut descendre par la cheminée ! »
"Usta bacadan aşağı inmen gerektiğini söylüyor!"
Alice descendit son pied aussi loin qu'elle le put dans la
cheminée

Alice ayağını bacadan olabildiğince aşağı çekti
Et puis elle attendit de voir ce qui allait arriver
Ve sonra ne olacağını görmek için bekledi
Elle entendit un petit animal gratter et se débattre
Küçük bir hayvanın tırmaladığını ve çırpındığını duydu
Le petit animal doit être dans la cheminée
Küçük hayvan bacada olmalı
Puis elle donna un coup de pied sec
Sonra keskin bir tekme attı
et elle attendit de voir ce qui allait se passer ensuite
Ve bundan sonra ne olacağını görmek için bekledi
Elle entendit un chœur général de voix
Genel bir ses korosu duydu
« Voilà Bill ! » dirent-ils tous
"İşte Bill!" dedi hepsi
Puis elle entendit la voix du lapin seule
Sonra sadece tavşanın sesini duydu
« Toi par la haie, attrape-le ! »
"Sen çitin yanındasın, yakala onu!"
Il y eut un autre moment de silence
Bir dakikalık saygı duruşu daha yapıldı
Et puis il y eut une autre confusion de voix
Ve sonra başka bir ses karmaşası oldu
« Lève la tête, Brandy »
"Başını kaldır, Brandy"
« Attention à ne pas l'étouffer »
"Onu boğmamaya dikkat edin"
« Qu'est-ce qui t'est arrivé ? »
"Sana ne oldu?"
Enfin, une petite voix faible et grinçante est apparue
Sonunda biraz zayıf, gıcırtılı bir ses geldi
« Eh bien, je n'en sais presque pas plus »
"Eh, daha fazlasını bilmiyorum"
« merci à tous, je vais mieux maintenant »
"Hepinize teşekkür ederim, şimdi daha iyiyim"
« il y a une chose dont je peux me souvenir »
"Hatırlayabildiğim bir şey var"

« Quelque chose vient à moi comme un train dans un tunnel »

"Tüneldeki tren gibi bir şey üzerime geliyor"

« Et je vole comme une fusée ! »

"ve yukarı bir roket gibi uçuyorum!"

Il y eut une minute ou deux de silence

Bir iki dakikalık saygı duruşu oldu

puis ils ont recommencé à se déplacer

Ve sonra tekrar hareket etmeye başladılar

et Alice entendit de nouveau le Lapin parler

ve Alice Tavşan'ın tekrar konuştuğunu duydu

« Une brouette fera l'affaire, pour commencer »

"Başlamak için bir barrowful yapacak"

« Une brouette pleine de quoi ? » pensa Alice

"Neyin bir tırmıkbaharı?" diye düşündü Alice

Mais elle ne fut pas tenue en suspens longtemps

Ancak uzun süre askıda kalmadı

Une pluie de petits cailloux est passée par la fenêtre

Pencereden küçük çakıl taşlarından oluşan bir duş geldi

et quelques petits cailloux l'ont frappée au visage

Ve küçük çakıl taşlarından bazıları yüzüne çarptı

Alice fut surprise par les petits cailloux

Alice küçük çakıl taşlarına şaşırdı

Tous les petits cailloux se transformaient en gâteaux

Tüm küçük çakıl taşları keklere dönüşüyordu

et une idée lumineuse lui vint à l'esprit

Ve aklına parlak bir fikir geldi

« Je devrais manger un de ces gâteaux »

"Bu keklerden birini yemeliyim"

« Le gâteau ne manquera pas de faire changer ma taille »

"Pastanın bedenimde biraz değişiklik yapacağından emin olabilirsiniz"

Alors elle a avalé l'un des gâteaux

Bu yüzden keklerden birini yuttu

et elle fut ravie de constater qu'elle commençait à rétrécir

Ve küçülmeye başladığını görünce çok sevindi

Bientôt, elle fut assez petite pour franchir la porte

Kısa süre sonra kapıdan geçecek kadar küçüktü
Elle s'est enfuie de la maison
Evden kaçtı
Une foule de petits animaux et d'oiseaux attendaient dehors
Küçük hayvanlar ve kuşlardan oluşan bir kalabalık dışarıda
bekliyordu
**tous les petits oiseaux et les petits animaux se précipitèrent
sur Alice**
tüm küçük kuşlar ve hayvanlar Alice'e koştu
Mais elle s'enfuit aussi vite qu'elle le put
Ama elinden geldiğince hızlı kaçtı
et bientôt elle se trouva en sécurité dans un bois épais
Ve kısa süre sonra kendini kalın bir ormanda güvende buldu
Alice errait dans les bois
Alice ormanda dolaşıyordu
Et elle pensa en elle-même :
Ve kendi kendine düşündü:
« Je sais ce que je dois faire en premier »
"Öncelikle ne yapmam gerektiğini biliyorum"
« Je dois d'abord grandir à ma bonne taille »
"Önce tekrar doğru bedenime büyümem gerekiyor"
« et puis je dois trouver mon chemin dans ce joli jardin »
"ve sonra o güzel bahçeye giden yolu bulmalıyım"
**« Je suppose que je devrais manger ou boire quelque chose
ou autre »**
"Sanırım bir şey ya da başka bir şey yemeli ya da içmeliyim"
**« Mais la question est de savoir ce que je dois manger ou
boire ? »**
"Ama soru şu ki, ne yemeliyim ya da içmeliyim?"
Alice regarda tout autour d'elle les fleurs
Alice etrafındaki çiçeklere baktı
et elle regarda à travers les brins d'herbe
Ve çimenlerin arasından baktı
mais elle ne voyait rien à manger ni à boire
ama yiyecek ya da içecek bir şey göremiyordu
Rien ne semblait être la bonne chose à manger ou à boire
Hiçbir şey yemek ya da içmek için doğru şeye benzemiyordu

Il y avait un gros champignon qui poussait près d'elle
Yanında büyüyen büyük bir mantar vardı
le champignon était à peu près de la même taille qu'Alice
mantar Alice ile hemen hemen aynı yükseklikteydi
Elle s'étira sur la pointe des pieds
Parmak uçlarına kadar uzandı
Et elle jeta un coup d'œil par-dessus le bord du champignon
Ve mantarın kenarından gözetledi
Ses yeux rencontrèrent immédiatement les yeux d'une grande chenille bleue
Gözleri hemen büyük mavi bir tırtılın gözleriyle karşılaştı
La chenille était assise sur le sommet du champignon
Tırtıl mantarın tepesinde oturuyordu
et la chenille avait croisé tous ses bras
ve tırtıl bütün kollarını kavuşturmuştu
et il fumait tranquillement un long narguilé
Ve sessizce uzun bir nargile içiyordu
et il ne faisait pas la moindre attention à rien
ve hiçbir şeye en ufak bir dikkat çekmedi
et il n'a certainement pas fait attention à Alice
ve kesinlikle Alice'e dikkat etmedi

Les conseils d'une chenille
Bir tırtıldan tavsiye

Finalement, la chenille a retiré le narguilé de sa bouche
Sonunda tırtıl nargileyi ağzından çıkardı
et il s'adressa à Alice d'une voix languissante et endormie
ve durgun, uykulu bir sesle Alice'e hitap etti
« Qui es-tu ? » demanda la chenille
"Sen kimsin?" dedi tırtıl

Alice a répondu, plutôt timidement : « Je sais à peine, monsieur. »
Alice oldukça utangaç bir şekilde, "Pek bilmiyorum efendim" diye yanıtladı.
« Juste pour le moment, c'est un peu... »
"Sadece şu anda her şey biraz..."
« Je sais qui j'étais quand je me suis levé ce matin" »
"Bu sabah kalktığımda kim olduğumu biliyorum"
« mais je pense que j'ai dû changer plusieurs fois depuis »
"ama sanırım o zamandan beri birkaç kez değişmiş olmalıyım"
« Qu'est-ce que tu veux dire par là ? » dit la chenille
"Bununla ne demek istiyorsun?" dedi tırtıl

sévèrement, la chenille lui demanda de s'expliquer
Tırtıl sert bir şekilde ondan kendini açıklamasını istedi
— Je ne peux pas m'expliquer, j'en ai peur, monsieur, dit
Alice
"Kendimi açıklayamıyorum, korkarım efendim," dedi Alice
« parce que je ne suis pas moi-même »
"Çünkü ben kendimde değilim"
« Vous voyez, être de tant de tailles différentes en une
journée, c'est très déroutant »
"Görüyorsunuz, bir günde bu kadar çok farklı boyutta olmak
çok kafa karıştırıcı"
Elle se redressa et dit très gravement :
Kendini yukarı çekti ve çok ciddi bir şekilde şöyle dedi:
« Je pense que tu devrais me dire qui tu es, en premier »
"Bence önce bana kim olduğunu söylemelisin"
« Pourquoi ? » demanda la chenille
"Neden?" dedi tırtıl
Alice ne voyait aucune bonne raison
Alice iyi bir sebep düşünemedi
et la chenille semblait être dans un état d'esprit très
désagréable
Ve tırtıl çok tatsız bir ruh hali içinde görünüyordu
alors elle s'en retourna
Bu yüzden geri döndü
« Reviens ! » la chenille l'appela
"Geri dön!" diye seslendi tırtıl arkasından
« J'ai quelque chose d'important à dire ! »
"Söylemem gereken önemli bir şey var!"
Alice se retourna et revint
Alice döndü ve tekrar geri geldi
« Garde ton sang-froid », dit la chenille
"Öfkeni koru," dedi tırtıl
— C'est tout ? dit Alice
"Hepsi bu mu?" dedi Alice
Et elle ravala sa colère de son mieux
Ve öfkesini elinden geldiğince yuttu
« Non, » dit la chenille

"Hayır," dedi tırtıl
La chenille déplia ses bras
Tırtıl kollarını açtı
Et il retira le narguilé de sa bouche
Ve nargileyi tekrar ağzından çıkardı
et il a dit : « Vous pensez donc que vous avez changé, n'est-ce pas ? »
ve dedi ki, "Demek değiştiğini düşünüyorsun, değil mi?"
— J'ai peur, je suis changée, monsieur, dit Alice
"Korkuyorum, değiştim efendim," dedi Alice
« Je ne me souviens plus des choses comme je m'en souvenais »
"Bazı şeyleri eskiden hatırladığım gibi hatırlayamıyorum"
« et je ne reste pas plus de dix minutes de la même taille ! »
"ve ben on dakikadan fazla aynı boyutta kalmam!"
« Quelle taille veux-tu faire ? » demanda la chenille
"Ne büyüklükte olmak istersin?" diye sordu tırtıl
— Oh, ma taille ne me dérange pas particulièrement, répondit vivement Alice
"Ah, özellikle ne kadar büyük olduğum umurumda değil," diye yanıtladı Alice aceleyle.
« Je n'aime pas changer de taille si souvent, vous savez »
"Sadece bu kadar sık beden değiştirmeyi sevmiyorum, biliyorsun"
« J'aimerais être un peu plus grand, monsieur »
"Biraz daha büyük olmak isterdim efendim"
— Si cela ne vous dérange pas, ajouta Alice
"Eğer sakıncası yoksa," diye ekledi Alice
« Dix centimètres, c'est une taille si misérable »
"On santimetre çok sefil bir yükseklik"
« C'est une très bonne hauteur en effet ! » dit la chenille avec colère
"Gerçekten çok iyi bir yükseklik!" dedi tırtıl öfkeyle
et il se redressa tout en parlant
ve konuşurken kendini dik tuttu
Il mesurait exactement dix centimètres de haut
Tam on santimetre boyundaydı

Au bout d'une minute ou deux, la chenille s'est détachée du champignon
Bir veya iki dakika içinde tırtıl mantardan aşağı indi
et il s'enfonça en rampant dans l'herbe
Ve çimenlere doğru sürünerek uzaklaştı
En s'éloignant, il fit quelques petites remarques
Giderken bazı küçük açıklamalar yaptı
« Un côté vous fera grandir »
"Bir tarafınız boyunun uzamasını sağlayacak"
« Et l'autre côté te fera rapetisser »
"Ve diğer taraf seni kısaltacak"
« Un côté de quoi ? » pensa Alice en elle-même
"Neyin bir tarafı?" diye düşündü Alice kendi kendine
« L'autre côté de quoi ? »
"Neyin diğer tarafı?"
« Le côté du champignon », dit la chenille
"Mantarın yan tarafı," dedi tırtıl
C'était comme si elle avait posé sa question à haute voix
Sanki sorusunu yüksek sesle sormuş gibiydi
et un instant plus tard, il fut hors de vue
Ve başka bir anda, gözden kayboldu
Alice resta pensivement à regarder le champignon
Alice düşünceli bir şekilde mantara bakmaya devam etti
Elle essayait de distinguer quels étaient les deux côtés du champignon
Mantarın iki tarafının hangisi olduğunu anlamaya çalışıyordu
Enfin, elle étendit ses bras autour du champignon
Sonunda kollarını mantarın etrafına sardı
Et elle cassa un peu les bords
Ve kenarların bir kısmını kırdı
« Et maintenant, de quel côté est-ce ? » se dit-elle
"Ve şimdi, hangi taraf hangisi?" dedi kendi kendine
et elle grignota un peu du mors de la main droite
Ve sağ elinin ucunu biraz kemirdi
L'instant d'après, elle sentit un violent coup sous son menton
Bir sonraki an çenesinin altında şiddetli bir darbe hissetti

Son menton avait heurté son pied !
Çenesi ayağına çarpmıştı!
Elle fut bien effrayée par ce changement très soudain
Bu çok ani değişiklikten çok korkmuştu
Elle rétrécissait très rapidement
Çok hızlı bir şekilde küçülüyordu
Alors elle a rapidement mangé un peu de l'autre morceau de champignon
Bu yüzden çabucak diğer mantar parçasından biraz yedi
Son menton était très serré contre son pied
Çenesi ayağına çok sıkı bir şekilde bastırıldı
Il y avait à peine de la place pour ouvrir la bouche
Ağzını açacak pek yer yoktu
mais elle parvint enfin à ouvrir la bouche
Ama sonunda ağzını açmayı başardı
et elle avala un morceau du mors de la main gauche
ve sol elinin ısırığından bir lokma yuttu
« Ma tête a enfin été libérée ! » dit Alice
"Sonunda kafam serbest kaldı!" dedi Alice
Elle baissa les yeux sur elle-même
Kendine baktı
mais tout ce qu'elle pouvait voir, c'était une immense longueur de cou
Ama tek görebildiği muazzam bir boyun uzunluğuydu
Son cou semblait se dresser comme une tige
Boynu bir sap gibi yükseliyor gibiydi
et elle baissa les yeux sur une mer de feuilles vertes
Ve yeşil yapraklardan oluşan bir denize baktı
« Où sont passées mes épaules ? »
"Omuzlarım nereye geldi?"
« Et oh, mes pauvres mains, comment se fait-il que je ne puisse pas vous voir ? »
"Ve ah, zavallı ellerim, nasıl oluyor da seni göremiyorum?"
Mais son cou avait un avantage
Ama boynunun bir faydası vardı
Elle pouvait bouger la tête dans n'importe quelle direction
Başını herhangi bir yöne hareket ettirebilirdi

En fait, elle était comme un serpent
Aslında, o tıpkı bir yılan gibiydi
Elle zigzague gracieusement, la tête baissée
Zarif bir şekilde başını zikzak çizerek eğdi
et elle remua la tête à travers les arbres
Ve başını ağaçların arasından geçirdi
Mais elle entendit alors un sifflement aigu
Ama sonra keskin bir tıslama duydu
Et elle tira rapidement la tête en arrière
Ve hızla başını geri çekti
Un gros pigeon lui avait volé au visage
Yüzüne büyük bir güvercin uçmuştu
et le pigeon était violemment avec ses ailes
Ve güvercin şiddetle kanatlarıyla birlikteydi

« Serpent ! » cria le pigeon

"Yılan!" diye bağırdı güvercin

« Je ne suis pas un serpent ! » dit Alice avec indignation

"Ben yılan değilim!" dedi Alice öfkeyle

« Laisse-moi tranquille ! »

"Beni yalnız bırak!"

« J'ai essayé les racines des arbres »

"Ağaçların köklerini denedim"

— Et j'ai essayé des haies, continua le pigeon

"ve çitleri denedim," diye devam etti güvercin

« Mais ces serpents ! Il n'y a pas moyen de leur plaire !

"Ama o! Onları memnun edecek bir şey yok!"

Alice était de plus en plus perplexe

Alice'in kafası gitgide daha çok karışıyordu

« Comme si ce n'était pas assez compliqué de faire éclore les œufs », a déclaré le pigeon

"Sanki yumurtaları çatlatmak yeterince zahmetli değilmiş gibi," dedi güvercin

« Nuit et jour, je dois aussi faire attention aux serpents ! »

"Gece gündüz yılanlara da dikkat etmeliyim!"

« Je venais de trouver l'arbre le plus haut de la forêt »

"Ormandaki en yüksek ağacı yeni bulmuştum"

« Je serais sûrement libre des serpents ici ? »

"Burada yılanlardan kurtulur muydum herhalde?"

« Et un serpent sort du ciel ! »

"Ve gökten bir yılan çıkıyor!"

« Mais je ne suis pas un serpent, je vous le dis ! » dit Alice

"Ama ben bir yılan değilim, sana söylüyorum!" dedi Alice

"Je suis un... Je suis un... Je suis une petite fille, ajouta-t-elle d'un air un peu dubitatif

"Ben bir... Ben bir... Ben küçük bir kızım," diye ekledi oldukça şüpheli bir şekilde

Après tout, elle avait traversé beaucoup de changements

Ne de olsa çok fazla değişiklik geçiriyordu

« Tu cherches des œufs », dit le pigeon

"Yumurta arıyorsun," dedi güvercin

« Je le sais pertinemment »

"Bunu bir gerçek olarak biliyorum"
« Et qu'importe que vous soyez une petite fille ou un serpent ? »
"Peki küçük bir kız ya da yılan olman ne fark eder?"
— Cela m'importe beaucoup, dit Alice à la hâte
"Benim için çok önemli," dedi Alice aceleyle.
« mais je ne cherche pas d'œufs, en l'occurrence »
"ama olduğu gibi yumurta aramıyorum"
« et je ne voudrais pas de tes œufs de toute façon »
"ve zaten yumurtalarını istemem"
« Je n'aime pas mes œufs crus »
"Yumurtalarımı çiğ sevmiyorum"
« Eh bien, allez-vous-en ! » dit le pigeon d'un ton boudeur
"Peki, git o zaman!" dedi güvercin somurtkan bir ses tonuyla
et le pigeon se posa de nouveau dans son nid
Ve güvercin tekrar yuvasına yerleşti
Alice s'accroupit parmi les arbres du mieux qu'elle put
Alice elinden geldiğince ağaçların arasına çömeldi
Son cou ne cessait de s'emmêler parmi les branches
Boynu dalların arasına dolanıp duruyordu
De temps en temps, elle devait s'arrêter et se tordre le cou
Arada sırada durup boynunu çözmek zorunda kaldı
Au bout d'un moment, elle se souvint du champignon
Bir süre sonra mantarı hatırladı
Elle tenait toujours les morceaux de champignon dans ses mains
Mantar parçalarını hala elinde tutuyordu
et elle se mit à l'œuvre avec beaucoup de soin
Ve çok dikkatli bir şekilde çalışmaya başladı
D'abord, elle a grignoté un morceau
Önce tek parça kemirdi
puis elle grignota l'autre morceau
Ve sonra diğer parçayı kemirdi
Parfois, elle grandissait
bazen boyu uzardı
et parfois elle devenait plus petite
Ve bazen kısaldı

Mais finalement, elle a atteint sa taille habituelle
Ama sonunda her zamanki boyuna ulaştı
Elle n'avait pas été de sa taille depuis un certain temps
Bir süredir kendi boyunda değildi
Tout m'a semblé étrange pendant un moment
Bu yüzden her şey bir süreliğine garip geldi
« La prochaine chose à faire est d'entrer dans ce beau jardin »
"Bundan sonra yapılacak şey o güzel bahçeye girmek"
« Comment cela se fera-t-il, je me demande ? »
"Bu nasıl yapılacak, merak ediyorum?"
En disant cela, elle tomba sur un endroit ouvert
Bunu söylerken açık bir yere rastladı
Il y avait une petite maison, un peu plus haute qu'un mètre
Bir metreden biraz daha yüksek küçük bir ev vardı
« Je me demande qui habite cette petite maison »
"Acaba bu küçük evde kim yaşıyor"
« Je ne peux certainement pas y aller aussi grand que je le suis »
"Kesinlikle olduğum kadar büyük giremem"
« Je les effrayerais terriblement ! »
"Onları çok korkuturdum!"
alors elle grignota à nouveau le petit champignon
Bu yüzden küçük mantarı tekrar kemirdi
et bientôt elle s'abaissa de trente centimètres
Ve çok geçmeden kendini otuz santimetre aşağı indirdi

Pendant une minute ou deux, elle resta à regarder la maison
Bir ya da iki dakika boyunca eve bakarak durdu
Soudain, un valet de pied sortit en courant des bois
Aniden ormandan koşarak bir uşak geldi
Il portait un uniforme de livrée spécial
Özel bir üniforma giyiyordu
à en juger par son seul visage, elle l'aurait traité de poisson
Sadece yüzüne bakılırsa, ona balık derdi
et il frappa bruyamment à la porte avec ses jointures
Ve parmak eklemleriyle kapıya yüksek sesle vurdu
La porte fut ouverte par un autre valet de pied
Kapı başka bir uşak tarafından açıldı
Ce valet de pied portait également une livrée spéciale
Bu uşak da özel bir üniforma giyiyordu
Ce valet de pied avait un visage rond et de grands yeux comme une grenouille
Bu uşağın yuvarlak bir yüzü ve kurbağa gibi iri gözleri vardı

C'est le valet de pied qui ressemblait à un poisson qui a
initié la cérémonie
Balığa benzeyen uşak töreni başlattı
Il sortit quelque chose de sous son bras
Kolunun altından bir şey çıkardı
et il tira de dessous son bras une enveloppe
ve kolunun altından bir zarf çıkardı
et cette enveloppe, il la remit à l'autre valet de pied
Ve bu zarfı diğer uşağa verdi
D'un ton cérémoniel, il lui donna les ordres
Törensel bir tonda ona emirleri anlattı
« Ce message s'adresse à la duchesse »
"Bu mesaj Düşes için"
« Une invitation de la reine à jouer au croquet »
"Kraliçeden kroket oynama daveti"
Le valet de pied qui ressemblait à une grenouille répéta
l'ordre
Kurbağaya benzeyen uşak emri tekrarladı
« De la reine »
"Kraliçe'den"
« Une invitation »
"Bir davet"
« pour la duchesse »
"Düşes için"
« Jouer au croquet »
"Kroket oynamak"
Puis ils s'inclinèrent tous les deux
Sonra ikisi de eğildi
et les boucles de leurs perruques s'emmêlèrent
ve peruklarındaki bukleler birbirine dolandı
Bientôt, le valet de pied qui ressemblait à un poisson a
disparu
Kısa süre sonra balığa benzeyen uşak gitmişti
Mais le valet de pied qui ressemblait à une grenouille était
toujours là
Ama kurbağaya benzeyen uşak hala oradaydı
Il était assis par terre près de la porte

Kapının yanında yerde oturuyordu
Il regardait bêtement le ciel
Aptalca gökyüzüne bakıyordu
Alice s'approcha timidement de la porte et frappa
Alice ürkek bir şekilde kapıya gitti ve kapıyı çaldı
— Il ne sert à rien de frapper, dit le valet de pied
"Kapıyı çalmanın bir faydası yok," dedi uşak
« Et ce, pour deux raisons »
"Ve bu iki nedenden dolayı"
« D'abord, parce que je suis du même côté de la porte que toi »
"Birincisi, çünkü ben de seninle aynı kapının yanındayım"
« Deuxièmement, parce qu'ils font tellement de bruit à l'intérieur »
"İkincisi, çünkü içeride çok fazla gürültü yapıyorlar"
« Personne ne pouvait vous entendre »
"Kimse seni duyamazdı"
Et il y avait certainement un bruit des plus extraordinaires à l'intérieur
Ve kesinlikle içeride çok olağanüstü bir gürültü oluyordu
des hurlements et des éternuements constants
sürekli uluma ve hapşırma
et de temps en temps un bruit de grand fracas
Ve arada sırada büyük bir çarpma sesi
comme si un plat ou une bouilloire avait été brisé en morceaux
Sanki bir tabak veya su ısıtıcısı parçalara ayrılmış gibi
« Comment vais-je entrer ? » demanda Alice
"Nasıl içeri gireceğim?" diye sordu Alice
— Faut-il que tu entres ? dit le valet de pied
"İçeri girmeli misin?" dedi uşak
« C'est la première question, vous savez »
"Bu ilk soru, biliyorsun"
Alice ouvrit la porte et entra
Alice kapıyı açtı ve içeri girdi
La porte menait directement à une grande cuisine
Kapı büyük bir mutfağa açılıyordu

La cuisine était pleine de fumée d'un bout à l'autre
Mutfak bir uçtan diğer uca duman doluydu
au milieu de la cuisine se trouvait la duchesse
mutfağın ortasında Düşes vardı
Elle était assise sur un tabouret à trois pieds
Üç ayaklı bir taburede oturuyordu
et elle allaitait un bébé
Ve bir bebek emziriyordu
Le cuisinier était penché au-dessus du feu
Aşçı ateşin üzerine eğilmişti
Il remuait un grand chaudron
Büyük bir kazanı karıştırıyordu
et le chaudron semblait être plein de soupe
Ve kazan çorba dolu gibiydi
« Il y a certainement trop de poivre dans cette soupe ! » Alice se dit
"O çorbada kesinlikle çok fazla biber var!" Alice kendi kendine dedi ki
Elle l'a dit du mieux qu'elle a pu sans éternuer
Hapşırmadan elinden geldiğince söyledi
Même la duchesse éternuait de temps en temps
Düşes bile ara sıra hapşırdı
Mais les actions du bébé étaient les plus remarquables
Ancak bebeğin eylemleri en dikkat çekici olanıydı
Le bébé éternuait et hurlait alternativement
Bebek dönüşümlü olarak hapşırıyor ve uluyordu
Il n'y avait pas un instant de pause entre les hurlements et les éternuements
Uluma ve hapşırma arasında bir an bile duraklama olmadı
Il y avait deux créatures dans la cuisine qui n'éternuaient pas
Mutfakta hapşırmayan iki yaratık vardı
Le cuisinier était trop occupé pour éternuer
Aşçı hapşırmak için çok meşguldü
et le gros chat ne semblait pas se soucier du poivre
Ve büyük kedi biberi umursamıyor gibiydi
Au lieu de cela, le gros chat souriait d'une oreille à l'autre

Bunun yerine, büyük kedi kulaktan kulağa sırıtıyordu
— **Pourriez-vous me le dire, s'il vous plaît, dit Alice un peu timidement**
"Lütfen bana söyler misin," dedi Alice biraz çekingen bir şekilde
« Pourquoi ton chat sourit-il comme ça ? »
"Kediniz neden böyle sırıtıyor?"
« C'est un Cheshire-Cat, » dit la duchesse
"Bu bir Cheshire Kedisi," dedi Düşes
« Et c'est pourquoi il sourit d'une oreille à l'autre »
"İşte bu yüzden kulaktan kulağa sırıtıyor"
« Je ne savais pas qu'un Cheshire-Cat souriait toujours »
"Bir Cheshire Kedisinin her zaman sırıttığını bilmiyordum"
« En fait, je ne savais pas que les chats pouvaient sourire », a déclaré Alice
"Aslında, kedilerin sırıtabileceğini bilmiyordum," dedi Alice
— Il y a beaucoup de choses que vous ne savez pas, dit la duchesse
"Bilmediğin çok şey var," dedi Düşes
« Il y a beaucoup de choses que vous ne savez pas et c'est un fait »
"Bilmediğin çok şey var ve bu bir gerçek"
Juste à ce moment-là, le cuisinier retira le chaudron de soupe du feu
Tam o sırada aşçı çorba kazanını ateşten aldı
et aussitôt, elle commença à jeter tout ce qui était à sa portée
Ve bir anda ulaşabileceği her şeyi fırlatmaya başladı
elle jeta tout ce qu'elle put sur la duchesse et le bébé
Düşes'e ve bebeğe atabileceği her şeyi fırlattı
D'abord, elle jeta les fers à feu
Önce ateş demirlerini attı
Puis elle a jeté une poignée de casseroles
Sonra bir avuç tencere fırlattı
et enfin elle jeta les assiettes et les plats
Ve sonunda tabakları ve tabakları fırlattı
La duchesse ne fit pas attention à elle
Düşes onu hiç dikkate almadı

Même lorsqu'elle a été frappée par une assiette, elle ne s'est pas inquiétée
Bir tabak tarafından vurulduğunda bile endişelenmedi
Le bébé hurlait déjà tellement
bebek zaten çok fazla uluyordu
Il était donc impossible de dire si les coups blessaient le bébé ou non
Bu yüzden darbelerin bebeğe zarar verip vermediğini söylemek imkansızdı
« Oh, je vous en prie, faites attention à ce que vous faites ! » s'écria Alice
"Ah, lütfen ne yaptığına dikkat et!" diye bağırdı Alice
et elle sautait de haut en bas dans une agonie de terreur
Ve dehşet içinde bir aşağı bir yukarı zıpladı
la duchesse offrit le bébé à Alice
Düşes, Alice'e bebeği teklif etti
« Ici ! Tu peux allaiter un peu le bébé, si tu veux !
"İşte! İstersen bebeği biraz emzirebilirsin!"
et elle lui lança l'enfant tout en parlant
Ve konuşurken bebeği ona fırlattı
« Je dois aller me préparer à jouer au croquet avec la reine »
"Gidip kraliçeyle kroket oynamaya hazırlanmalıyım"
et elle se hâta de sortir de la chambre
Ve aceleyle odadan çıktı
Alice attrapa le bébé avec quelque difficulté
Alice bebeği biraz zorlukla yakaladı
parce que c'était une petite créature de forme très étrange
Çünkü çok tuhaf şekilli küçük bir yaratıktı
et l'enfant tendit les bras et les jambes dans toutes les directions
Ve bebek kollarını ve bacaklarını her yöne uzattı
« Je ferais mieux d'emmener cet enfant avec moi », pensa Alice
"Bu çocuğu yanımda götürsem iyi olur," diye düşündü Alice
« Ils sont sûrs de tuer ce bébé dans un jour ou deux »
"Bu bebeği bir veya iki gün içinde öldürecekleri kesin"
« Ne serait-ce pas un meurtre de laisser ce bébé derrière soi ?

»

"Bu bebeği geride bırakmak cinayet olmaz mıydı?"

Elle prononça les derniers mots à haute voix

Son sözleri yüksek sesle söyledi

Et la petite créature grogna en réponse

Ve küçük şey cevap olarak homurdandı

« Tu ferais mieux de ne pas te transformer en cochon, ma chère, » dit Alice

"Domuza dönüşmesen iyi eder, sevgilim," dedi Alice

« ou alors je n'aurai plus rien à faire avec toi »

"yoksa seninle daha fazla işim olmayacak"

Alice commençait à peine à penser en elle-même :

Alice kendi kendine düşünmeye başlamıştı:

« Maintenant, que vais-je faire de cette créature, quand je la ramène à la maison ? »

"Şimdi, onu eve getirdiğimde bu yaratıkla ne yapacağım?"

Mais alors la petite créature grogna un peu violemment

Ama sonra küçük yaratık biraz şiddetle homurdandı

et Alice baissa les yeux sur son visage avec une certaine inquiétude

ve Alice biraz telaşla adamın yüzüne baktı

Cette fois, il ne pouvait y avoir d'erreur à ce sujet

Bu sefer bunda bir hata olamazdı

Ce n'était ni plus ni moins qu'un cochon

bir domuzdan ne fazla ne de eksikti

alors elle déposa la petite créature

Bu yüzden küçük yaratığı yere koydu

et la petite créature s'éloigna tranquillement dans le bois

Ve küçük yaratık sessizce ormana doğru yürüdü

Alice se sentit tout à fait soulagée de voir la créature partir

Alice, yaratığın gittiğini görünce oldukça rahatlamış hissetti

Alice fut un peu surprise en voyant le Chat-Cheshire

Alice, Cheshire Kedisi'ni görünce biraz şaşırdı

Il était assis sur une branche d'arbre à quelques mètres de là

Birkaç metre ötede bir ağacın dalında oturuyordu

Le chat ne sourit que lorsqu'il la vit

Kedi onu gördüğünde sadece sırıttı

« Chat du Cheshire », commença Alice un peu timidement
"Cheshire kedisi," diye başladı Alice, oldukça çekingen bir
şekilde
« Pourriez-vous s'il vous plaît me dire dans quelle direction
je dois aller à partir d'ici ? »
"Lütfen bana buradan hangi yoldan gitmem gerektiğini söyler
misin?"
« Dans cette direction », dit le chat
"O yönde," dedi kedi
et il agita la patte droite
Ve sağ pençesini salladı
« C'est dans cette direction que vit un fabricant de
chapeaux »
"Bu yönde bir şapka yapımcısı yaşıyor"
puis le chat agita son autre patte
Ve sonra kedi diğer pençesini salladı
« Et dans cette direction vit un lièvre de marche »
"Ve o yönde bir yürüyüş tavşanı yaşıyor"
« Visitez l'un ou l'autre de vos goûts ; Ils sont tous les deux
fous"
"İstediğin birini ziyaret et; İkisi de deli"
— Mais je ne veux pas aller parmi des fous, remarqua Alice
"Ama ben delilerin arasına girmek istemiyorum," dedi Alice
« Oh, tu ne peux pas t'en empêcher, » dit le Chat
"Ah, buna engel olamazsın," dedi Kedi
« Nous sommes tous fous ici »
"Burada hepimiz deliyiz"
« Tu joues au croquet avec la reine aujourd'hui ? »
"Bugün kraliçeyle kroket mi oynuyorsun?"
— J'aimerais beaucoup, dit Alice
"Çok isterim," dedi Alice
« mais je n'ai pas encore été invité »
"ama henüz davet edilmedim"
« Tu me verras là-bas », dit le Chat
"Beni orada göreceksin," dedi Kedi
et d'un instant à l'autre le chat disparaissait
Ve bir andan diğerine kedi ortadan kayboldu

bientôt Alice arriva en vue de la maison du lièvre de marche
kısa süre sonra Alice, yürüyüş tavşanının evini gördü
C'était une très grande maison
Burası çok büyük bir evdi
alors Alice ne voulait pas s'approcher de la maison
bu yüzden Alice evin yanına gitmek istemedi
**D'abord, elle a dû grignoter un peu plus du morceau de
champignon du côté gauche**
Önce sol taraftaki mantar parçasından biraz daha kemirmesi
gerekiyordu

Un thé fou

Çılgın bir çay partisi

Devant la maison, il y avait un arbre

Evin önünde bir ağaç vardı

et sous l'arbre, il y avait une table

Ve ağacın altında bir masa vardı

et la table était dressée avec toutes sortes de couverts

Ve masa her türlü çatal bıçak takımı ile kuruldu

Le lièvre de mars et le chapelier étaient à table

Mart tavşanı ve şapkacı masadaydı

et ensemble ils prenaient le thé

Ve birlikte çay içiyorlardı

Un loir était assis entre eux

Aralarında bir fındık faresi oturuyordu

et le loir dormait profondément

Ve fındık faresi derin bir uykudaydı

La table était d'une taille extraordinaire

Masa olağanüstü büyüklükteydi

mais la majeure partie de la table était inoccupée

Ancak masanın çoğu boştu

Ils étaient assis serrés les uns contre les autres dans un coin de la table

Masanın bir köşesinde kalabalık bir şekilde oturdular

et pourtant ils s'excusaient quand ils voyaient Alice

ve yine de Alice'i gördüklerinde bahaneler uydurdular

« Pas de place ! Pas de place ! » crièrent-ils

"Yer yok! Yer yok!" diye bağırdılar

« Il y a beaucoup de place ! » dit Alice avec indignation

"Bol bol yer var!" dedi Alice kızgınlıkla

À l'une des extrémités de la table, il y avait un grand fauteuil

Masanın bir ucunda büyük bir koltuk vardı

et Alice s'assit dans le fauteuil

ve Alice koltuğa oturdu

Le chapelier ouvrit de grands yeux

Şapkacı gözlerini kocaman açtı

Il n'arrivait pas à croire ce qu'il voyait

Gördüklerine inanamadı
Mais son esprit était curieux d'autres choses
Ama aklı başka şeyleri merak ediyordu
« Pourquoi un corbeau est-il comme un bureau ? »
"Bir kuzgun neden yazı masası gibidir?"
Alice était prête à relever le défi
Alice bu meydan okumaya açıktı
« Je suis content qu'ils aient commencé à poser des énigmes »
"Bilmeceler sormaya başladıklarına sevindim"
— Je crois que je peux le deviner, ajouta-t-elle à haute voix
"Bunu tahmin edebileceğime inanıyorum," diye ekledi yüksek sesle
Le lièvre de mars s'est curieux de connaître Alice
Yürüyen tavşan Alice'i merak etmeye başladı
« Pensez-vous vraiment que vous pouvez trouver la réponse ? »
"Gerçekten cevabı bulabileceğinizi düşünüyor musunuz?"
— Je crois que je peux trouver la réponse, en effet, dit Alice
"Sanırım cevabı gerçekten bulabilirim," dedi Alice
« Alors, tu devrais dire ce que tu veux dire », continua le lièvre de marche
"O zaman ne demek istediğini söylemelisin," diye devam etti yürüyüş tavşanı
— Je dis ce que je pense, répondit vivement Alice
"Ne demek istediğimi söylüyorum," diye yanıtladı Alice aceleyle.
« à tout le moins, je pense ce que je dis »
"en azından ne dediğimi kastediyorum"
« C'est la même chose, vous savez »
"Bu aynı şey, biliyorsun"
Le loir a également contribué à la conversation
Fındık faresi de sohbete katkıda bulundu
mais le loir semblait parler dans son sommeil
Ama fındık faresi uykusunda konuşuyor gibiydi
« Je respire quand je dors »
"Uyuduğumda nefes alıyorum"

« Je dors quand je respire ! »
"Nefes aldığımda uyurum!"
« Autant dire qu'ils sont les mêmes aussi »
"Onların da aynı olduğunu söyleyebilirsiniz"
« C'est la même chose pour toi », dit le chapelier
"Seninle de aynı şey geçerli," dedi şapkacı
Et il versa un peu de thé sur le nez du loir
Ve fındık faresinin burnuna biraz çay döktü
Le Loir secoua la tête avec impatience
Fındık Faresi sabırsızlıkla başını salladı
et le loir parla de nouveau, sans ouvrir les yeux
Ve fındık faresi yine gözlerini açmadan konuştu
« Bien sûr, bien sûr que c'est la même chose »
"Tabii ki, tabii ki aynı"
« C'est juste ce que j'allais dire moi-même »
"sadece kendim söyleyeceğim şey buydu"

Le chapelier se tourna vers Alice et lui posa une autre question

Şapkacı Alice'e döndü ve başka bir soru sordu

« As-tu déjà deviné l'énigme ? »

"Bilmeceyi henüz tahmin ettin mi?"

« Non, j'abandonne », a concédé Alice

"Hayır, pes ediyorum," diye kabul etti Alice

« Quelle est la réponse ? » voulait-elle savoir

"Cevap nedir?" diye sordu

— Je n'en ai pas la moindre idée, dit le chapelier

"En ufak bir fikrim yok," dedi şapkacı

« Moi non plus, » dit le lièvre de marche

"Ben de bilmiyorum," dedi yürüyüş tavşanı

Alice poussa un soupir de lassitude

Alice yorgun bir iç çekti

« Il y a de meilleures utilisations du temps que des énigmes sans réponses »

"Zamanın, cevapsız bilmecelerden daha iyi kullanımları vardır"

« Prends encore du thé », dit le lièvre de marche à Alice, très sérieusement

"Biraz daha çay iç," dedi yürüyüş tavşanı Alice'e büyük bir ciddiyetle

Alice était assez offensée par l'offre

Alice bu teklife oldukça gücenmişti

— Je n'ai pas encore pris de thé, répondit Alice

"Henüz çay içmedim," diye yanıtladı Alice

« donc je ne peux plus prendre de thé »

"bu yüzden daha fazla çay içemiyorum"

— Vous voulez dire que vous ne pouvez pas prendre moins de thé, dit le chapelier

"Yani daha az çay içemezsin," dedi şapka yapımcısı

« C'est très facile de prendre plus que rien »

"Hiç yoktan fazlasını almak çok kolay"

À ces mots, Alice se leva et s'en alla

Bunun üzerine Alice ayağa kalktı ve yürüdü

Le loir s'endormit instantanément

Fındık faresi anında uykuya daldı
et ni l'un ni l'autre ne firent la moindre attention à son départ
Ve diğerleri de onun gidişine en ufak bir dikkat çekmedi
bien qu'elle ait regardé en arrière une ou deux fois
Bir ya da iki kez geriye bakmasına rağmen
Ils essayaient de mettre le loir dans la théière
Fındık faresini çaydanlığın içine koymaya çalışıyorlardı
« En tout cas, je n'y retournerai plus ! » dit Alice
"Her halükarda, oraya bir daha asla gitmeyeceğim!" dedi Alice
et elle se fraya un chemin à travers les bois
Ve ormanda yoluna devam etti
« c'était le thé le plus stupide auquel j'aie jamais assisté »
"Bu şimdiye kadar bulunduğum en aptalca çay partisiydi"
Juste au moment où elle disait cela, elle remarqua quelque chose
Tam bunu söylerken bir şey fark etti
L'un des arbres avait une porte qui y menait directement
Ağaçlardan birinin tam içine açılan bir kapısı vardı
« C'est très intéressant ! » a-t-elle pensé
"Bu çok ilginç!" diye düşündü
« Je pense que je peux aussi bien passer la porte »
"Sanırım ben de kapıdan geçebilirim"
Et elle passa par la porte
Ve kapıdan içeri girdi
Une fois de plus, elle se retrouva dans le long couloir
Bir kez daha kendini uzun koridorda buldu
de nouveau, elle était près de la petite table de verre
Yine küçük cam masaya yakındı
Elle prit la petite clé d'or
Küçük altın anahtarı aldı
et elle ouvrit la porte qui donnait sur le jardin
Ve bahçeye açılan kapının kilidini açtı
Puis elle s'est mise au travail pour grignoter le champignon
Sonra mantarı kemirerek işe koyuldu
Elle avait gardé un morceau du champignon dans sa poche
Mantarın bir parçasını cebinde tutmuştu

Et finalement, elle mesurait environ un mètre
Ve sonunda yaklaşık bir metre boyundaydı
Puis elle descendit le petit couloir
Sonra küçük koridorda yürüdü
**Et puis elle s'est finalement retrouvée dans le magnifique
jardin**
Ve sonunda kendini güzel bahçede buldu
**et elle était parmi les fleurs brillantes et les fontaines
fraîches**
Ve o, parlak çiçeklerin ve serin çeşmelerin arasındaydı

Le terrain de croquet de la reine
Kraliçenin kroket zemini

Un grand rosier se dressait près de l'entrée du jardin
Bahçenin girişine yakın bir yerde büyük bir gül ağacı duruyordu

Les roses qui poussaient sur l'arbre étaient blanches
Ağaçta yetişen güller beyazdı

Mais il y avait trois jardiniers qui peignaient la rose
Ama gülü boyayan üç bahçıvan vardı

Ils étaient occupés à peindre les roses en rouge
Gülleri kırmızıya boyamakla meşguldüler

et Alice les regardait peindre les roses en rouge
ve Alice onların gülleri kırmızıya boyamasını izliyordu

et soudain leurs yeux tombèrent par hasard sur Alice
ve aniden gözleri tesadüfen Alice'e takıldı

Alice parlait un peu timidement
Alice biraz çekingen bir şekilde konuştu

« Pourriez-vous me le dire, s'il vous plaît ? »
"Bana söyler misin lütfen;"

« Pourquoi peignez-vous tous ces roses ? »
"Neden hepiniz o gülleri boyuyorsunuz?"

cinq et sept ne dirent rien, mais regardèrent deux
Beş ve yedi hiçbir şey söylemedi, ama ikisine baktı

deux d'entre eux parlèrent à voix basse
iki kişi kısık bir sesle konuştu

— Eh bien, le fait est, voyez-vous, madame.
"Neden, gerçek şu ki, görüyorsunuz hanımefendi"

« Celui-ci aurait dû être un rosier rouge »
"Burası kırmızı bir gül ağacı olmalıydı"

« Et nous avons mis un rosier blanc par erreur »
"Ve yanlışlıkla beyaz bir gül ağacı koyduk"

« Comme vous en conviendrez, la reine ne doit pas le découvrir »
"Kabul edeceğiniz gibi, kraliçe öğrenmemeli"

« Sinon, nous aurions tous la tête tranchée »
"Aksi takdirde hepimizin kafası kesilirdi"

« Alors vous voyez, madame, nous faisons de notre mieux »

"Görüyorsunuz hanımefendi, elimizden gelenin en iyisini yapıyoruz"

La cinquième carte avait regardé anxieusement à travers le jardin

Beşinci kart endişeyle bahçeye bakıyordu.

À ce moment, la cinquième carte cria : « La dame ! La reine !

O anda beşinci kart seslendi, "Kraliçe! Kraliçe!"

Et les trois jardiniers s'enfuirent aussitôt

Ve üç bahçıvan hemen koşarak uzaklaştı

et ils se jetèrent à plat ventre

ve kendilerini yüzüstü yere attılar

Il y eut un bruit de nombreux pas

Birçok ayak sesi duyuldu

Alice regarda autour d'elle, impatiente de voir la reine

Alice kraliçeyi görmek için sabırsızlanarak etrafına bakındı

Au début de la procession se trouvaient dix soldats

Alayın başında on asker vardı

leurs mains et leurs pieds étaient dans les coins

Elleri ve ayakları köşelerdeydi

et dans leurs mains et leurs pieds étaient des massues

ve ellerinde ve ayaklarında sopalar vardı

Venaient ensuite les dix courtisans

Sonra on saray mensubu geldi

Les courtisans étaient partout ornés de diamants

Saray mensuplarının her tarafı elmaslarla süslenmişti

Après les courtisans sont venus les enfants royaux

Saray mensuplarından sonra kraliyet çocukları geldi

Il y avait dix enfants royaux

Kraliyet çocuklarından on tane vardı

et tous les enfants royaux étaient ornés de cœurs

ve tüm kraliyet çocukları kalplerle süslendi

Venaient ensuite les invités ; principalement des rois et des reines

Sonra misafirler geldi; Çoğunlukla krallar ve kraliçeler

et parmi les rois et la reine, Alice vit quelqu'un

ve krallar ve kraliçe Alice arasında birini gördü

Elle revit le lapin blanc qu'elle avait chassé

Kovaladığı beyaz tavşanı tekrar gördü
Le cortège était suivi par le valet de cœur
Alay, kalplerin knave'sini takip etti
Il portait la couronne du roi
Kralın tacını taşıyordu
et la couronne du roi était sur un coussin de velours cramoisi
Ve kralın tacı kıpkırmızı kadife bir minder üzerindeydi
Et puis vint la fin de ce grand cortège
Ve sonra bu büyük alayın sonu geldi
Et là, à la fin, il y avait le Roi et la Reine de Cœur
Ve sonunda Kupaların Kralı ve Kraliçesi vardı
le cortège arriva en face d'Alice
alay Alice'in karşısına geldi
et ils s'arrêtèrent tous et la regardèrent
Ve hepsi durdu ve ona baktı
et la reine dit sévèrement : « Qui est-ce ? »
Kraliçe sert bir sesle, "Bu kim?" diye sordu.
Elle l'a dit au Valet de Cœur
Bunu Kalplerin Knave'sine söyledi
Mais il s'est contenté de s'incliner et de sourire en réponse
Ama o sadece eğildi ve cevap olarak gülümsedi
Alice parla très poliment
Alice çok kibar bir şekilde konuştu
« Je m'appelle Alice, alors faites plaisir à Votre Majesté »
"Benim adım Alice, bu yüzden lütfen majesteleri"
Mais elle avait d'autres pensées pour elle-même
Ama kendine başka düşünceleri vardı
« Ce n'est qu'un jeu de cartes, après tout ! »
"Ne de olsa onlar sadece bir deste kart!"
« Savez-vous jouer au croquet ? » cria la reine
"Kroket oynayabilir misin?" diye bağırdı kraliçe
La question était évidemment destinée à Alice
Soru belli ki Alice içindi
— Oui ! dit Alice d'une voix forte
"Evet!" dedi Alice yüksek sesle
« Venez jouer alors ! » rugit la reine
"Gel o zaman oyna!" diye kükredi kraliçe

une voix timide s'adressa à Alice
ürkek bir ses Alice'e konuştu
« C'est une très belle journée ! »
"Çok güzel bir gün!"
Elle se promenait près du lapin blanc
Beyaz tavşanın yanından geçiyordu
et le Lapin Blanc jetait un coup d'œil anxieux sur son visage
ve Beyaz Tavşan endişeyle onun yüzünü gözetliyordu
« Une très belle journée, en effet, confirma Alice
"Gerçekten çok güzel bir gün," diye onayladı Alice
« Où est la duchesse ? »
"Düşes nerede?"
« Chut ! Chut ! dit le Lapin
"Şş Sus!" dedi Tavşan
« Elle est sous le coup d'une sentence d'exécution »
"İdam cezası altında"
« Pourquoi est-elle exécutée ? » demanda Alice
"Ne için idam ediliyor?" diye sordu Alice
« Elle a éraflé les oreilles de la reine », commença le lapin
"Kraliçenin kulaklarını ovuşturdu," diye başladı tavşan
cria la reine d'une voix de tonnerre
Kraliçe gök gürültüsü gibi bir sesle bağırdı
« Retournez à vos endroits ! »
"Yerlerinize gidin!"
et les gens se mirent à courir dans toutes les directions
Ve insanlar her yöne koşmaya başladılar
et ils tombèrent tous les uns contre les autres
Ve hepsi birbirine çarptı
Cependant, ils se sont calmés en une minute ou deux
Ancak bir veya iki dakika içinde yerleştiler
Et puis le jeu a commencé
Ve sonra oyun başladı
Alice n'avait jamais vu un terrain de croquet aussi curieux
Alice hiç bu kadar ilginç bir kroket zemini görmemişti
L'herbe n'était que crêtes et sillons
Çimlerin hepsi sırtlar ve oluklardı
Les boules de croquet étaient de vrais hérissons

Kroket topları gerçek kirpiydi
Et les maillets étaient de vrais flamants roses
Ve tokmaklar gerçek flamingolardı.
et les soldats se tinrent sur leurs mains et leurs pieds
Askerler elleri ve ayakları üzerinde durdular
Parce que les arches ont été faites à partir de leurs corps
Çünkü kemerler vücutlarından yapılmıştır
Les joueurs ont tous joué en même temps
Oyuncuların hepsi aynı anda oynadı
Personne n'attendait son tour
Kimse sırasını beklemedi
et tout le monde se querellait avec tout le monde
Ve herkes herkesle kavga etti
et tous se battaient pour les hérissons
Ve hepsi kirpi için savaşıyordu
Bientôt, la reine fut dans une colère furieuse
Kısa süre sonra Kraliçe öfkeli bir tutku içindeydi
et elle s'est mise à piétiner et à crier
Ve etrafta dolaşmaya ve bağırmaya başladı
« Coupez-lui la tête ! »
"Kafasını kes!"
« Coupez-lui la tête ! »
"Kafasını kes!"
« Coupez-leur la tête ! »
"Bütün kafalarını kes!"
De nouveau, Alice pensa en elle-même
Alice bir kez daha kendi kendine düşündü
« Ils sont affreusement friands de décapiter les gens ici »
"Buradaki insanların kafasını kesmeyi çok seviyorlar"
**« Ce qui est très étonnant, c'est qu'il reste quelqu'un en vie !
»**
"En büyük mucize, hayatta kalan birinin olması!"
Elle cherchait un moyen de s'échapper
Bir kaçış yolu arıyordu
Elle remarqua une curieuse apparition dans l'air
Havada meraklı bir görünüm fark etti
« C'est le chat du Cheshire », se dit-elle

"Bu Cheshire kedisi," dedi kendi kendine
« maintenant j'aurai quelqu'un à qui parler »
"şimdi konuşacak birileri olacak"
« Comment vas-tu ? » dit le chat
"Nasılsın?" dedi kedi
« Je ne pense pas qu'ils jouent du tout équitablement », a déclaré Alice
"Hiç de adil bir şekilde oynadıklarını düşünmüyorum," dedi Alice
et elle avait un ton plutôt plaintif
Ve oldukça şikayetçi bir ses tonu vardı
« Ils se querellent tous si affreusement »
"Hepsi çok korkunç bir şekilde kavga ediyor"
« On ne s'entend pas parler »
"İnsan kendini konuştuğunu duyamıyor"
« Et ils ne semblent pas jouer selon des règles »
"Ve herhangi bir kurala göre oynamıyor gibi görünüyorlar"
le chat a posé une question à Alice à voix basse
kedi Alice'e kısık bir sesle bir soru sordu
« Comment aimez-vous la reine ? »
"Kraliçeyi nasıl buldun?"
— Je ne l'aime pas du tout, dit Alice
"Ondan hiç hoşlanmıyorum," dedi Alice

Alice pensa qu'elle ferait aussi bien d'y retourner
Alice geri dönebileceğini düşündü
Elle voulait voir comment le match se passait
Oyunun nasıl gittiğini görmek istedi
Elle est partie à la recherche de son hérisson
Kirpisini aramak için yola çıktı
Le hérisson était occupé à combattre un autre hérisson
Kirpi başka bir kirpi ile savaşmakla meşguldü
C'était une excellente occasion
Bu mükemmel bir fırsattı
Elle pouvait croquer un hérisson avec l'autre
Bir kirpiyi diğeriyle kroketleyebilirdi
Mais son flamant rose était de l'autre côté du jardin
Ama flamingosu bahçenin diğer tarafındaydı
Le flamant rose était plutôt maladroit
Flamingo oldukça beceriksizdi
Son flamant rose essayait de s'envoler dans un arbre
Flamingo köpeği bir ağaca doğru uçmaya çalışıyordu
Elle attrapa le flamant rose par la patte
Flamingoyu bacağından yakaladı
Et elle glissa le flamant rose sous son bras
Ve flamingoyu kolunun altına soktu
De cette façon, le flamant rose ne pouvait plus s'échapper
Bu şekilde flamingo bir daha kaçamazdı
Juste à ce moment-là, Alice rencontra la duchesse
Tam o sırada Alice düşesle tanıştı
La duchesse était maintenant sortie de prison
Düşes artık hapisten çıkmıştı
Elle glissa affectueusement son bras sous celui d'Alice
Kolunu sevgiyle Alice'in kolunun altına soktu
puis ils sont partis ensemble
Ve sonra birlikte yürüdüler
**Alice était très heureuse de la trouver d'une humeur si
agréable**
Alice, onu bu kadar hoş bir huyda bulduğu için çok mutluydu
Elle était cependant un peu surprise
Ancak biraz şaşırmıştı

Elle entendit la voix de la duchesse près de son oreille
Düşesin sesini kulağına yakın bir yerde duydu
« Tu penses à quelque chose, ma chérie »
"Bir şey düşünüyorsun canım"
« Et ça fait oublier de parler »
"Ve bu sana konuşmayı unutturuyor"
« Le jeu se passe un peu mieux maintenant », a déclaré Alice
"Oyun şimdi daha iyi gidiyor," dedi Alice
C'était une façon de poursuivre la conversation
Sohbeti devam ettirmenin bir yoluydu
— C'est vrai, dit la duchesse
"Gerçekten de öyle," dedi Düşes
« Et la morale de cela est la suivante : »
"Ve bundan çıkarılacak ders şudur:"
« C'est l'amour qui fait tout ! »
"Her şeyi yapan aşktır!"
« L'amour est ce qui fait tourner le monde »
"Aşk, dünyayı döndüren şeydir"
Alice avait une autre explication
Alice'in başka bir açıklaması vardı
« C'est fait par tout le monde qui s'occupe de ses propres affaires ! »
"Bu, herkesin kendi işine bakması tarafından yapılır!"
— Ah ! Vous pourriez avoir raison"
"Ah, peki! Haklı olabilirsin"
— Tout cela signifie à peu près la même chose, dit la duchesse
"Hepsi aynı anlama geliyor," dedi Düşes
et elle enfonça son petit menton pointu dans l'épaule d'Alice
ve keskin küçük çenesini Alice'in omzuna soktu
« Et la morale de cela est la suivante »
"Ve bunun ahlaki yönü şudur"
« Prendre soin du sens »
"Duyuya iyi bak"
« Et puis les sons prendront soin d'eux-mêmes »
"Ve sonra sesler kendi başının çaresine bakacak"
Mais alors le bras de la duchesse se mit à trembler

Ama sonra düşesin kolu titremeye başladı
Alice leva les yeux et la reine se tenait là
Alice başını kaldırdı ve kraliçe orada duruyordu
La reine avait les bras croisés
Kraliçe kollarını kavuşturmuştu
Et elle fronçait les sourcils comme un orage !
Ve bir fırtına gibi kaşlarını çattı!
« Je vous préviens », cria la reine
"Seni adil bir şekilde uyarıyorum," diye bağırdı kraliçe
et elle piétina le sol tout en parlant
Ve konuşurken yere bastı
« Soit ta tête, soit sa tête doit être coupée »
"Ya senin kafan ya da onun kafası kapalı olmalı"
« Faites votre choix ! »
"Seçimini yap!"
« Et soyez rapide à ce sujet »
"Ve bu konuda hızlı olun"
La duchesse fait son choix
Düşes seçimini yaptı
et au bout d'un instant la duchesse avait disparu
Ve bir dakika içinde düşes gitti
Puis la reine s'adressa à Alice
Sonra kraliçe Alice ile konuştu
« Continuons le jeu »
"Hadi oyuna devam edelim"
Alice était trop effrayée pour dire un mot
Alice tek kelime edemeyecek kadar korkmuştu
et elle la suivit lentement jusqu'au terrain de croquet
Ve yavaşça onu kroket alanına kadar takip etti
Pendant tout ce temps, la reine s'est querellée avec les autres joueurs
Bütün zaman boyunca kraliçe diğer oyuncularla tartıştı
« Coupez-lui la tête ! »
"Kafasını kes!"
« Coupez-lui la tête ! »
"Kafasını kes!"
« Coupez-leur la tête ! »

"Bütün kafalarını kes!"
Bientôt, tous les joueurs ont été en garde à vue
Kısa süre sonra tüm oyuncular gözaltına alındı
il ne restait que le roi, la reine et Alice
sadece kral, kraliçe ve Alice kaldı
Puis la reine s'en alla, tout à fait essoufflée
Sonra kraliçe nefes nefese kaldı
et elle s'en alla avec Alice
ve Alice ile birlikte uzaklaştı
Alice entendit le roi dire quelque chose
Alice, kralın sessizce bir şeyler söylediğini duydu
« Vous êtes tous pardonnés »
"Hepiniz affedildiniz"
Mais soudain, un autre cri se fit entendre
Ama aniden başka bir çığlık duyuldu
« Le procès commence ! »
"Duruşma başlıyor!"
et Alice courut avec les autres
ve Alice de diğerleriyle birlikte koştu

Qui a volé les tartes ?

Turtaları kim çaldı?

Le roi et la reine de cœur étaient assis

Kalplerin kralı ve kraliçesi oturuyordu

ils étaient sur leur trône quand Alice arriva

Alice geldiğinde tahtlarındaydılar

Il y avait une grande foule rassemblée autour d'eux

Etraflarında büyük bir kalabalık toplanmıştı

Il y avait toutes sortes de petits oiseaux et de bêtes

Her türden küçük kuş ve canavar vardı

Et il y avait tout le paquet de cartes

Ve bütün bir kart destesi vardı

Le coquin se tenait devant eux, enchaîné

Soylu önlerinde zincire vurulmuş duruyordu

et il y avait un soldat de chaque côté pour le garder

ve her iki yanında onu korumak için bir asker vardı

près du roi était le lapin blanc

Kralın yanında beyaz tavşan vardı

Il avait une trompette dans une main

Bir elinde trompet vardı

et il avait un rouleau de parchemin dans l'autre main

Diğer elinde bir parşömen tomarı vardı

Au milieu de la cour se trouvait une table

Avlunun tam ortasında bir masa vardı

Sur la table, il y avait un grand plat de tartes

Masanın üzerinde büyük bir tabak turta vardı

« J'aimerais qu'ils fassent le procès », pensa Alice

"Keşke denemeyi bitirselerdi," diye düşündü Alice

« Alors nous pourrions manger quelques-uns de ces rafraîchissements ! »

"O zaman o içeceklerden biraz yiyebiliriz!"

Le juge, soit dit en passant, était le roi
Bu arada yargıç kraldı
et il portait sa couronne sur sa grande perruque
Ve tacını büyük peruğunun üzerine taktı
« C'est le banc des jurés, pensa Alice
"İşte jüri kutusu," diye düşündü Alice
« Et ces douze créatures, je suppose qu'elles sont les jurés »
"ve bu on iki yaratık, sanırım onlar jüri üyeleri"
certains étaient des animaux, et d'autres étaient des oiseaux
Bazıları hayvandı, bazıları kuştu
Juste à ce moment-là, le lapin blanc a crié
Tam o sırada beyaz tavşan bağırdı
« Silence dans la cour ! »
"Mahkemede sessizlik!"
« Héraut, lisez l'accusation ! » dit le roi
"Müjdeci, suçlamayı oku!" dedi kral
Le lapin blanc souffla trois coups de trompette
Beyaz tavşan trompette üç patlama yaptı
Puis il déroula le parchemin
Sonra parşömen parşömenini açtı

Et il a lu ce qui suit :
Ve şöyle okudu:
« La reine de cœur, elle a fait des tartes, »
"Kalplerin kraliçesi, biraz turta yaptı"
« Tout cela, elle l'a fait un jour d'été »
"Bütün bunları bir yaz gününde yaptı"
« Le valet de cœur, il a volé ces tartes »
"Gönüllerin ustası, o turtaları çaldı"
« Et il a emporté ces tartes loin ! »
"Ve o turtaları çok uzaklara götürdü!"
« Appelez le premier témoin », dit le roi
"İlk tanığı çağırın," dedi kral
et le lapin blanc souffla trois coups de trompette
Ve beyaz tavşan trompette üç patlama yaptı
« Amenez le premier témoin ! » cria-t-il
"İlk tanığı getirin!" diye bağırdı
Le premier témoin était le chapelier
İlk tanık şapka yapımcısıydı
Il entra avec une tasse de thé dans une main
Bir elinde çay fincanı ile içeri girdi
et il avait un morceau de pain et de beurre dans l'autre main
Diğer elinde de bir parça ekmek ve tereyağı vardı
« Tu aurais dû finir », dit le roi
"Bitirmeliydin," dedi Kral
« Quand avez-vous commencé ? »
"Ne zaman başladın?"
Le chapelier regarda le lièvre de marche
Şapkacı yürüyüş tavşanına baktı
Le lièvre de marche l'avait suivi dans la cour
Mart tavşanı onu mahkemeye kadar takip etmişti
Il avait marché bras dessus bras dessous avec le loir
Fındık faresi ile kol kola yürümüştü
« Le quatorzième mars, je crois, dit-il
"Sanırım Mart'ın on dördüydü," dedi
« Rendez votre témoignage », dit le roi
"Kanıtını ver," dedi kral
« Et ne sois pas nerveux, ou je te ferai exécuter sur-le-

champ »
"ve gergin olma, yoksa seni oracıkta idam ettiririm"
Cela n'a pas semblé encourager du tout le témoin
Bu, tanığı hiç cesaretlendirmiyor gibi görünüyordu
Il n'arrêtait pas de se déplacer d'un pied sur l'autre
Bir ayağından diğerine geçmeye devam etti
et il regarda la reine avec inquiétude
Ve huzursuz bir şekilde kraliçeye baktı
**et, dans sa confusion, il mordit un gros morceau de sa tasse
de thé**
Ve şaşkınlık içinde çay fincanından büyük bir parça ısırdı
En réalité, il voulait croquer dans son pain et son beurre
Gerçekten ekmeğinden ve tereyağından ısırmak istedi
Juste à ce moment, Alice éprouva une sensation très curieuse
Tam o anda Alice çok tuhaf bir his hissetti
Elle commençait à grossir à nouveau
Tekrar büyümeye başlamıştı
Le misérable chapelier laissa tomber sa tasse de thé
Sefil şapkacı çay fincanını düşürdü
et le pain et le beurre tombèrent à terre
Ve ekmek ve tereyağı yere düştü
et il mit un genou à terre
Ve tek dizinin üzerine çöktü
« Je suis un pauvre homme, Votre Majesté », a-t-il commencé
"Ben fakir bir adamım, majesteleri," diye başladı
« Vous êtes un bien mauvais orateur, » dit le roi
"Sen çok kötü bir konuşmacısın," dedi kral
« Tu peux y aller, » dit le roi
"Gidebilirsin," dedi kral
et le chapelier quitta précipitamment la cour
Ve şapkacı aceleyle mahkemeyi terk etti
« Appelez le témoin suivant ! » dit le roi
"Bir sonraki tanığı çağırın!" dedi kral
Le témoin suivant fut le cuisinier de la duchesse
Bir sonraki tanık düşesin aşçısıydı
Elle portait la poivrière à la main
Biber kutusunu elinde taşıyordu

et les gens près de la porte se mirent à éternuer tout à coup
Ve kapının yanındaki insanlar bir anda hapşırmaya başladılar
« Rendez votre témoignage », dit le roi
"Kanıtını ver," dedi kral
— Je ne donnerai aucun témoignage, dit le cuisinier
"Hiçbir kanıt sunmayacağım," dedi aşçı
Le roi regarda anxieusement le lapin blanc
Kral endişeyle beyaz tavşana baktı
Et le lapin blanc parlait d'une voix douce
Ve beyaz tavşan sakin bir sesle konuştu
« Votre Majesté doit contre-interroger ce témoin »
"Majesteleri bu tanığı çapraz sorguya çekmelidir"
« Eh bien, s'il le faut, il le faut, » dit le roi
"Eh, eğer yapmam gerekiyorsa, yapmalıyım," dedi kral
« De quoi sont faites les tartes ? »
"Turtalar neyden yapılır?"
« Les tartes sont faites de poivre, principalement », a déclaré le cuisinier
"Turtalar çoğunlukla biberden yapılır," dedi aşçı
Pendant quelques minutes, toute la cour fut dans la confusion
Birkaç dakika boyunca tüm mahkeme şaşkınlık içindeydi
Finalement, ils se sont tous calmés
Sonunda hepsi tekrar yerleşti
Mais à ce moment-là, le cuisinier avait disparu
Ama o zamana kadar aşçı ortadan kaybolmuştu
« N'importe ! » dit le roi
"Boş ver!" dedi kral
« Appel à la barre du prochain témoin »
"Bir sonraki tanığı kürsüye çağırın"
Alice regarda le lapin blanc qui tâtonnait sur la liste
Alice, listeyi karıştırırken beyaz tavşanı izledi
Vous pouvez imaginer sa surprise à ce qu'elle a entendu ensuite
Daha sonra duyduklarına şaşırdığını tahmin edebilirsiniz
à tue-tête de sa petite voix aiguë, il appela le nom « Alice ! »
tiz küçük sesinin zirvesinde "Alice!" adını çağırdı.

Le témoignage d'Alice
Alice'in kanıtı

« Ici ! » s'écria Alice
"İşte!" diye bağırdı Alice

Elle se leva d'un bond en toute hâte
Büyük bir aceleyle ayağa fırladı

et elle renversa le banc des jurés
Ve jüri locasını devirdi

et elle renversa tous les jurés
Ve tüm jüri üyelerini devirdi

et ils tombèrent sur la tête de la foule en bas
ve aşağıdaki kalabalığın başlarına düştüler

Alice était dans un grand désarroi
Alice büyük bir dehşet içindeydi

« Oh ! je vous demande pardon ! » s'écria-t-elle
"Ah, özür dilerim!" diye bağırdı

« Le procès ne peut pas avoir lieu », dit le roi
"Dava devam edemez," dedi kral

« Les jurés doivent retourner à leur place »
"Jüri üyeleri yerli yerlerine dönmeli"

Il répéta l'ordre avec beaucoup d'emphase
Emri büyük bir vurguyla tekrarladı

et il regarda Alice d'un air sévère
ve Alice'e sert bir şekilde baktı

**« Que savez-vous de ces événements ? » demanda le roi à
Alice**
"Bu olaylar hakkında ne biliyorsun?" diye sordu kral Alice'e

— Je ne sais rien à ce sujet, dit Alice
"Bu konuda hiçbir şey bilmiyorum," dedi Alice

Le roi lut ensuite un extrait de son livre
Kral daha sonra kitabından okudu

« Règle quarante-deux »
"Kural kırk iki"

**« Toutes les personnes de plus d'un kilomètre de haut
doivent quitter le tribunal »**
"Bir milden daha yüksek olan herkes mahkemeyi terk etmeli"

« Je ne suis pas à un mille de haut, » dit Alice

"Bir mil yüksekliğimde değilim," dedi Alice
« Près de deux milles de haut », dit la reine
"Neredeyse iki mil yüksekliğinde," dedi Kraliçe

— Eh bien, je refuse d'y aller, dit Alice
"Eh, gitmeyi reddediyorum," dedi Alice
Le roi pâlit
Kral sarardı
et il ferma précipitamment son carnet
Ve not defterini aceleyle kapattı
« Considérez votre verdict », a-t-il dit au jury
"Kararınızı düşünün," dedi jüriye
Il parlait d'une voix basse et tremblante
Alçak, titreyen bir sesle konuştu
Puis le lapin blanc prit la parole
Sonra beyaz tavşan konuştu
« Il y a encore plus de preuves à venir »
"Henüz gelecek daha fazla kanıt var"
et il se leva d'un bond en toute hâte
Ve büyük bir aceleyle ayağa fırladı
« Ce papier vient d'être retiré »

"Bu kağıt yeni alındı"
« On dirait que c'est une lettre écrite par le prisonnier »
"Mahkum tarafından yazılmış bir mektup gibi görünüyor"
Il déplia le papier tout en parlant
Konuşurken kağıdı açtı
« Ce n'est pas une lettre, après tout »
"Sonuçta bu bir mektup değil"
« Ce que c'était, c'était un ensemble de versets »
"Ne olduğu bir dizi ayetti"
« S'il vous plaît, Votre Majesté », dit le coquin
"Lütfen, majesteleri," dedi usta
« Je n'ai pas écrit ces vers »
"O ayetleri ben yazmadım"
**« et ils ne peuvent pas prouver que j'ai écrit quoi que ce
soit »**
"ve hiçbir şey yazdığımı kanıtlayamazlar"
« Il n'y a pas de nom signé à la fin »
"Sonunda imzalı bir isim yok"
Le roi parla au fripon
Kral knave ile konuştu
« Vous avez dû vouloir causer des méfaits »
"Sen bir fitne çıkarmak istemiş olmalısın"
**« Sinon, tu aurais signé ton nom comme un honnête
homme »**
"Aksi takdirde dürüst bir adam gibi imzanızı atardınız"
Il y eut un claquement général de mains
Genel bir el çırpma sesi vardı
Et le roi se tourna vers le lapin blanc
Kral beyaz tavşana döndü
« Lisez les vers », ordonna-t-il
"Ayetleri oku" diye emretti
Il y eut un silence de mort dans la cour
Mahkemede ölü bir sessizlik vardı
et le lapin blanc lut les versets
Ve beyaz tavşan ayetleri okudu
Ils m'ont dit que vous étiez allé chez elle
Bana ona gittiğini söylediler

Et ils lui parlèrent de moi
Ve ona benden bahsettiler
Elle m'a donné un bon caractère
Bana iyi bir karakter verdi
Mais elle a dit que je ne savais pas nager
Ama o yüzme bilmediğimi söyledi
Il leur a fait savoir que je n'étais pas parti
Onlara gitmediğim haberini gönderdi
Nous savons que c'est vrai
Bunun doğru olduğunu biliyoruz
Si elle poussait l'affaire, que deviendriez-vous ?
Meseleyi devam ettirirse, sana ne olur?
Je lui en ai donné un, ils lui en ont donné deux
Ona bir tane verdim, iki tane verdiler
Vous nous en avez donné trois ou plus
Bize üç veya daha fazlasını verdin
Ils sont tous revenus de sa part vers vous
Hepsi ondan sana döndü
bien qu'ils aient été les miens avant
Daha önce benim olmalarına rağmen
Si j'avais la chance d'être
Eğer ben ya da o olma şansım olursa
Si j'étais impliqué dans cette affaire
Eğer ben ya da o bu olaya karıştıysam
Il compte en vous pour les libérer
Onları özgür bırakman için sana güveniyor
Exactement comme nous étions
Aynen bizim gibi
Mon idée, c'est que vous aviez été
Benim fikrim şuydu: Sen olmuştun
Avant qu'elle n'ait cette crise
Daha önce bu nöbeti geçirdi
Un obstacle qui s'est dressé entre
Araya giren bir engel
Lui, et nous-mêmes, et cela
O, kendimiz ve o
Ne lui faites pas savoir qu'elle les aimait mieux

En çok onları sevdiğini bilmesine izin verme
Car cela doit être à jamais un secret, caché à tous les autres
Çünkü bu, her zaman diğerlerinden saklanan bir sır olmalıdır
Ce secret doit rester un secret entre vous et moi
Bu sır seninle benim aramda bir sır olarak kalmalı
Le roi était très impressionné
Kral çok etkilendi
« C'est la preuve la plus importante que nous ayons entendue jusqu'à présent »
"Şimdiye kadar duyduğumuz en önemli kanıt bu"
— Je ne crois pas que ces vers aient un atome de sens, objecta Alice
"Bu dizelerin bir anlam atomu taşıdığına inanmıyorum," diye itiraz etti Alice
le roi avait sa propre opinion sur la question
Kralın bu konuda kendi görüşü vardı
« S'il n'y a pas de sens dans ces mots, cela sauve un monde de problèmes »
"Bu kelimelerde bir anlam yoksa, bu bir dünya beladan kurtarır"
« Alors nous n'avons pas besoin d'essayer de trouver le sens »
"O zaman anlamı bulmaya çalışmamıza gerek yok"
« Laissons le jury délibérer sur son verdict »
"Jüri kararını değerlendirsin"
« Non, non ! » dit la reine
"Hayır, hayır!" dedi kraliçe
« La condamnation d'abord, le verdict ensuite »
"Önce ceza, sonra karar"
« Des bêtises et des bêtises ! » dit Alice à haute voix
"Saçmalık ve saçmalık!" dedi Alice yüksek sesle
« Comme il est stupide de condamner l'accusé en premier ! »
"Önce sanığı mahkum etmek ne kadar aptalca!"

« Tais-toi ! » dit la reine en devenant violette
"Dilini tut!" dedi kraliçe, morararak
« Je ne me tairai pas ! » dit Alice
"Dilimi tutmayacağım!" dedi Alice
cria la reine à tue-tête
Kraliçe avazı çıktığı kadar bağırdı
« Coupez-lui la tête ! »
"Kafasını kes!"
Personne n'a fait un mouvement
Kimse bir hareket yapmadı
« Qui se soucie de ce que vous dites ? » dit Alice
"Ne dediğin kimin umurunda?" dedi Alice
Elle avait atteint sa taille maximale à ce moment-là
Bu zamana kadar tam boyutuna ulaşmıştı
« Tu n'es rien d'autre qu'un jeu de cartes ! »
"Sen bir deste karttan başka bir şey değilsin!"
À ces mots, toutes les cartes se levèrent dans les airs
Bunun üzerine tüm kartlar havaya kalktı
et toutes les cartes s'abattaient sur elle

Ve tüm kartlar onun üzerine uçtu
Elle poussa un petit cri
Küçük bir çığlık attı
Elle était à moitié effrayée, mais aussi en colère
Yarı korkmuştu ama aynı zamanda kızgındı
Et elle a essayé de se battre contre les cartes
Ve kendi üzerindeki kartlarla savaşmaya çalıştı
puis elle se retrouva allongée sur le talus d'herbe
Sonra kendini çimlerin kıyısında yatarken buldu
Sa tête était sur les genoux de sa sœur
Başı kız kardeşinin kucağındaydı
Des feuilles mortes s'étaient posées sur son visage
Yüzüne bazı ölü yapraklar düşmüştü
et sa sœur balayait doucement les feuilles
Ve kız kardeşi yaprakları nazikçe fırçalıyordu
« Réveille-toi, ma chère Alice ! » dit sa sœur
"Uyan Alice, canım!" dedi kız kardeşi
« Quel long sommeil tu as eu ! »
"Ne kadar uzun bir uyku çektin!"
« Oh, j'ai fait un rêve si curieux ! » dit Alice
"Ah, çok tuhaf bir rüya gördüm!" dedi Alice
Et elle raconta à sa sœur tout ce qu'elle pouvait se rappeler
Ve kız kardeşine hatırlayabildiği her şeyi anlattı
toutes les étranges aventures que vous venez de lire
Az önce okuduğun tüm garip maceralar
Alice se leva et s'enfuit en courant
Alice ayağa kalktı ve kaçtı
et elle pensait, tout en courant, à son rêve
Ve koşarken hayalini düşündü
« Quel rêve merveilleux cela avait été ! »
"Ne harika bir rüyaydı!"